幻想圖書館

寺山修司

黃碧君 譯

十二面相怪人的十九篇不思議閱讀

編輯說明：

1. 本書內各篇章的註釋和圖片，爲中文版譯者與編輯另行增添。
2. 寺山修司寫作各篇內容時，大量引用英文、法文、阿拉伯文等外文名詞，或因行文以趣味性爲主，原文多僅以片假名標示，而少有附加原文或解釋背景出處。中文版在翻譯與編輯過程中雖經多方查證，並曾請益原出版社日本河出書房新社等，受限於寺山個人的外來語發音、文章寫成年代久遠，與日文外來語還原拼字時的複雜性，中文版內未附加原文的外文名詞，敬請讀者見諒，並歡迎不吝指正。

目錄

寺山修司的影像、劇場和身體世界

辜振豐

日本鬼才寺山修司生前留下不少作品，令人驚訝的是，這張成績單竟然有詩歌、俳句、童話故事、賽馬評論、電影、劇本。因此，要用一個單獨的頭銜來界定寺山是不可能的。他從小就展露表演和創作的才華：一九四一年，他就讀於青森縣聖瑪莉亞幼稚園時，曾在《基督誕生》一劇中扮演牧羊人。兩年後，他的繪畫作品也參與展覽，並且獲獎。在高中時代，他嗜讀夏目漱石、谷崎潤一郎、森鷗外等人的作品，並且開始寫詩。日後，他雖然到東京就讀早稻田大學，但讀了兩年就輟學，此後便展開多彩多姿的創作生涯。

如果要了解寺山的藝術世界，就必須要探討他的成長過程以及當代日本的歷史變遷。一九三五年，寺山修司生於日本的青森縣。在年幼時，原來擔任警官的父親應軍政府的徵召，遠赴外地參加第二次世界大戰，後來卻在沙場戰死。戰後，他母親為了生計必須到九州的美軍基地工作。中學二年級時，前往東京，寄居在母親的養父家。從以上的背景來看，寺山對於父母、家庭的形象一直模糊不清，並且保有若即若離的關係。

寺山創作的鼎盛時期，正值一九六〇年代，街頭抗爭舉目可見。在政治層面，反帝國主義、反官僚體制、反資本主義的運動一直如火如荼地展開。充滿理想色彩的學生團體更包圍東大安田講堂。然而，街頭運動的發展不免牽涉到權力的角逐，因此，到了七〇年代初期赤軍連發生相互惡鬥，動用私刑處決同志，甚至在水廠下毒，以致抗爭運動失去民眾的支持，最後導致政治革命的重大挫敗。此時，日本的經濟再度起飛，市民社會重新恢復往日的平和狀態。

雖然政治革命遭到挫敗，但文化革命卻一直持續在進行。如果說「家」、「國家」、「天皇」在日本屬於主流世界所建構出來的集體文化，則寺山是極力要從這些束縛中逃脫出來，以免陷入虛妄的共同幻想。對寺山而言，透過劇場和其他藝術形式從事文化革命，讓市民能夠面對跳脫歷史的陷阱，從而朝向更沒有歷史負擔的未來，是一條可行之道。

獵殺成人的恐怖小子

寺山修司一方面讓大家重新思考父權社會的兩性關係和軍國主義的幻想，另一方面，他企圖顛覆傳統的創作方式，以建立有別於過去的新美學，在實驗短片中，尤其可看出寺山修司的創意。一九九四年台北金馬獎國際影展策劃的「寺山修司專題」，放映了他多部實驗短片作品，其中的《蕃茄醬蟲皇帝》以六〇年代的安保鬥爭爲創作背景，打著「獵殺成人」旗號，象徵反傳統和反權威。但他面對這種以政治爲訴求對象的街頭運動既嘲諷又同情，因爲政權輪替，權力的運作仍然存在。一九六〇年，這部短片首先以廣播劇的形式出現在九州ＰＫＢ每日廣播電台放送，但播出後，卻被政府當局視爲具有暴力傾向。爲此，寺山曾遭到當地警察的偵訊。

「時間」的意象一直是寺山修司關注的焦點。自明治維新以來，日本開始實行現代化與工業化，時間再也無法像過去的農村共同體的時間是周而復始的圓環式運行。因此，過去、現在、未來宰制著人的記憶意識。在實驗短片《檻囚》中，寺山刻意突顯人受制於直線式時間的支配。人只能義無反顧地向前行，以致年歲日增。在另一部作品《試過矮子》中，寺山以侏儒呈現自己童年的化身，同時企圖藉著影像的虛構來重建過去的回憶。不過，這些影像的再現似乎只是一種空想罷了，因爲時間是一具無情的大轉輪，不斷地往前運轉。換句話說，直線式的時間是稍縱即逝的，而人是無法再重新回到過去的世界。最後，這位矮子以淚流滿面來結束對過去的幻想與執著。「過去」與「歷史」的主題，一直反覆在寺山的作品中出現。

異形身體的再現

一九四五年日本敗戰後，全國上下的共同努力營造出今日的經濟大國。透過資本主義體制和民主政治的運作，使得日本的市民社會更加穩固和安定。不過，如果仔細探究日本的社會，則可以發現在這種集體文化背後卻隱藏著差別和排除的構造。以種族和民族來說，「在日朝鮮人」和「部落民」在東瀛社會就一直承受著差別待遇。這些人的身份往往被戳上「卑賤」的標誌，以致整個市民社會形塑出有別於一般老百姓的「異形身體」，而這種差別的意識型態一直激發寺山的興趣，以致有別於正常人的「異形身體」不時地浮現在他的作品中。不過，他卻運用劇場和電影的美學形式，將探討範圍擴及過去的農村共同體和戰後的管理社會，因爲他認爲，只要人類的共同體和社會繼續存在，必然會產生「神聖」／「卑賤」和「同」／「異」的分別。

事實上，在寺山的藝術世界中，「卑賤」和「神聖」的分別往往模糊不清。換言之，卑賤的身體如流浪的賣藝者或是逸脫共同體禁忌的角色一再遭到排除的命運，但無形中使得社會和農村共同體更加確定自身的倫理和秩序；這些猥瑣的人物對集體的貢獻使得他們更負有「神聖」的意味。寺山修司或許要大家重新思考，這些被排除的身體如乞丐、流浪漢、孤獨的老人等，難道是卑賤的嗎？

「觀衆進入」的電影劇場

就寺山修司而言，顛覆傳統藝術的形式和解構歷史是兩大關鍵所在。一九六九年，他成立「天井棧敷演劇實驗室」，其間所推出的前衛戲碼爲小戲場運動發揮不少開創之功。正如同劇評家扇田昭彥指出，六〇年代是日本小劇場運動的勃興期，而七〇年代更有年輕的導演陸續成立多彩多姿的實驗小劇場，但八三年寺山死後，小劇場運動的初期階段乃宣告結束。

寺山曾指出，演戲並非像以往的新劇只是唸唸劇本的對話而已。重要的是，演員的心理衝突必須藉著肉體表現出來。此外，傳統劇場作爲一種制度應該接受批判和檢討。就傳統的表演來說，觀眾只是消極地接受舞台上的演員所傳達的訊息。如此一來，舞台變成講台，而觀眾變成學生。對寺山而言，觀眾如果不能積極地去介入劇場的演出，那麼觀眾只不過一具具的屍體罷了。寺山不僅在劇場裡強調觀眾成爲演員，更在實驗電影作品如《羅拉》、《審判》中結合影像與劇場，讓電影的虛構世界和台下的現實世界，兩者之間的界線消失，顛覆了螢幕、舞台、觀眾三者之間的關係。

在傳統劇場的形式中，演員和舞台空間是居於「主」的位置，而觀眾和台下座位則處於「奴」的地位。然而，對寺山而言，如果要發動文化革命，改變市民的思考，務必要將「主」、「奴」的界限打破，以便強化中心價值的解體。「天井棧敷」的成員，在幻一馬的執導下，演出一場空前的都市劇場作品《敲一敲》。一九七五年，所有演出成員頭包黑布，在東京杉並區穿梭於街頭，登上公車，並潛入公共澡堂。如此一來，市民們頓時陷入一陣恐慌。有趣的是，社區的主婦們還撥起一一〇向警察求救。事實上，這些突發性的騷動無形中變成催化劑，激起市民們產生不同於日常生活的異質感受。而這種震撼也使得僵化的市民重新思考都市的理性和秩序並非一成不變的。

一九九〇年代，日本很多出版社開始爭相出版寺山的作品，約有三百多種，其中包含寺山前妻九條今日子的《寺山修司傳》，而故鄉青森縣也成立「寺山修司紀念館」。今（二〇〇五）年適逢寺山七十周年冥誕，如果他可以引發讀者的興趣，則應該是作品中所呈現的異形圖像，因爲這些圖像最能夠激發大家的想像力和創作的靈感。（本文作者爲作家及文化評論者）

（本文內容係經作者同意，由辜振豐〈獵殺成人的恐怖小子——寺山修司的影像美學〉、〈「觀眾進入」的電影劇場——談寺山的實驗短片〉、〈異形身體的再現〉三篇文章彙整添補而成。原文曾發表於《表演藝術雜誌》第二十五期，後收錄於辜振豐《日趣——日本風的新動向》（商周）。）

舉頭傷心看著肉攤鏽蝕的鉤子—放棄拳擊的男子——寺山修司の《幻想圖書館》

林則良

我把一生的部份時間花費在閱讀上。我認爲讀書是一種幸福，另一種稍少一些的幸福是寫詩，或者叫做創作，創作就是把我們讀過東西的遺忘和回憶融爲一體。——波赫士

唯有一長距離跑者經過此外無事的雨之土曜日／秋風或食指那是誰的墳墓

有那麼一瞬間，我眞的相信，我不再認識某個拿著他的鑰匙讓你可以「入侵」他的小屋、在等飲料或點心的瞬間可以把自己十隻手指的指紋都印在某幾本書的某幾頁上面的人，其理由就只是因爲書會殺人（兇器），在一本叫做《玫瑰的名字》的小說當中。有那麼一瞬間，我眞的相信每個人家裡的某幾本「沾染過極度隱私」的書鐵定整本浸過砒霜。

Well，其實是，接下來，眞的不是開玩笑，一定要先準備好所有的安全措施，然後才能打開這本你現在正準備閱讀的書。不過既然你都已經打開來了，就把書一頁一頁吃下去，因爲寫《玫瑰的名字》的那個傢伙就只是要告訴你，這本殺得了人的書眞相的確是：「笑死人」。

然而。有這麼一天，當你突然轉過頭對著因爲你突然轉過頭而停下來看你的人說，你在說什麼？而那個覺得你腦子有點問題而驚訝地回答你他什麼也沒說的人，又悻悻然走開，在這個當下，你知道，曾經有一個過去，而那眞的就已經過去了。這時，讀一本叫做《幻想圖書館》的書就好像雙手各握一把剪刀同時剪開自己手上那雙讓指紋絕緣的塑膠手套，你又開始了，你又可以

開始放肆地犯下你那幻想的罪行，留下你唯一具有偵探推理又極具傳記性格的詩，我是說，那些手指那些指紋。

書齋尋嗅父親而幻想犀牛
等待月蝕不意成了遺失物

就像某些時尚不斷在對你強調：穿出你自己，用穿名牌的方式；對眞正的閱讀者而言，他們更清楚的是：讀出你自己；而讀出你自己就意味著：你隨時要用書摸出你自己。就因爲，波赫士那句書商隨時都會想要印在書腰上的文字：讀書是出於追求幸福的願望。

我在讀寺山追求幸福的願望。同時我在他閱讀的那些書上找尋他手指的指紋。又同時，在他的指紋上留下我的指紋。而指紋所宣稱的，不是他會是一個怎樣的人，而在確定他就是這個人，在這裡，在那裡，有這一個人曾經在場的證明。在他一九八三年五月四日因肝硬化死去之後才編輯出版、取了一個好像直接偷一表正經的波赫士（死於一九八六年）這個圖書館館長最可能會使用的書名，《幻想圖書館》所讀的那些，與其說是書，不如說是寺山在看的一些「不正經」畫報，包羅萬象、無奇不有，寫的盡是些奇譚、掌故、百科事典和源由。包括：青蛙學者的愉快百科、邊睡邊讀的寢台書、以民族學誌閱讀的鞋子、月下獨自閱讀的狼人入門書、奧茲魔法師剪貼簿、女校裡叛變的女學生漫畫書、被虐狂電影民俗學……而這些他極其熱衷的古怪題材，又再三地出現在他的劇場（演劇實驗室天井棧敷〔Tenjo sajiki〕）、他的電影、他的賽馬評論、他的書、他的古怪寫眞畫冊（犬神兄弟寫眞商會幻想寫眞，及一集貼著古怪郵票——包括一張蔣公逝世三年紀念的中華民國郵票、有各地郵戳、寥寥幾行字、顏色褪色老舊、照片故意拍得像一兩百年前那種極其猥褻怪奇的明信片）。

讀寺山的閱讀筆記，幻想圖書館指稱的，不是窩藏十九本書的書櫃，而是他的腦袋，那波赫士式會使用「十三」代表無限蘊藏量的腦袋——雖然，在某處，在寫了一大篇《綠野仙蹤》的演變歷史剪報簿，提醒奧茲國只是在塑造美國工業神話之後，寺山的筆調卻讓你腦袋的齒輪一下子鬆掉：「我不是個跟卡卡西一樣腦裡裝滿稻草的『無腦人』，眞是太好了。／想到此處，還是闔上這本書吧」。然而它們並不眞的那麼離奇古怪，因爲幻想——而幻想帶動一組夢幻機器的運轉——就是寺山「僞」自傳的簽名式，在一些時刻，留下指紋的殘餘，反而如此深刻。

倘若寺山是這樣一個讓我捉不著所有底細的「激情罪犯」，首先，他還是一個詩人，在《幻想圖書館》裡到處殘餘他如此和煦的手溫帶。就像他寫那個老是畫身體變形的畫家格蘭威爾：「對他來說，最快樂的是創造『讓海鷗化身爲成八分音符的樂譜』、『把海浪中的小船和彩虹畫成樂譜』、『把跳進海裡的水手的動作幻化成樂譜』這種遊戲的世界」。

上恐山埋葬亡母的赤紅髮梳時漫天遍地的風
扮捉迷藏的鬼就此老去將到村祭上尋找誰去

然而。有這麼一天，你知道，曾經眞有一個過去，而那眞的已經過去了。恍如寺山一九七四年電影《田園死神》（田園に死す）裡的一個畫面，在一個陽光大亮的晌午，屋裡瀰漫著光線照射出的灰塵飄飛，在老舊的門口突然現身一個年輕的隱形蒙面忍者，再睜睛一看，他已經融淡到空氣當中。因而你終究明白，那寺山踩踏的夢幻機器，那如玫瑰色澤的馬戲團、那他深深迷戀於設計的機械裝置，如翻書機（書見機）、空中散步機、少年禮儀作法機械、箱男、愚人船（阿呆船）等，都勉力在重複創造遺忘與回憶融爲一體的過去，是在對死亡（消逝、不在）進行將時間無止盡拉長的延遲告別式，是對彌留以詩進行編列的人力飛行機。或許，那隱形的忍者，有一天會再度現身於任何你生命神奇的時刻，就像那個一九八八年，時年廿歲的傻男孩，他在接近廿年後早已無影無蹤，卻在我的身體裡遺留《田園死神》的最後一幕，回到過去的家，想要殺死亡母的「我」（私），正在作晚飯的亡母招呼他一同吃飯，突然，木造房子的四壁崩落，場景就在東京街頭很小的空地，「我」和亡母靜靜坐在塌塌米上，吃頓最後的晚餐。

在寺山鬆散地改編加西亞·馬奎斯《百年孤寂》的電影遺作《再見箱舟》（さらば箱舟，一九八三）裡，被偷的全村人的鐘所埋葬的地方，地面突然出現越來越大的洞，然後緩慢升起一個從地獄來的郵差，替生者死者傳送信件。在影片的終站，所有的飽受生命摧殘的生者，死後都更快樂一些底，住在一個「已然過去」地如老舊單色照片的世界，而同時我們當下的世界正轉動那台沾染塵土和鐵鏽的投影放映機（那穿越夢想與夢想之間的薄膜）。寺山的彌留，在延遲那告別式的時間長度。總有一天，就像今天吧，你翻開了《幻想圖書館》，就像打開一封地獄郵差寄來的長信，你充滿思念，將他寫的字讀成一首鬆散的長詩。寺山修司問候收信人：我，很好。

（本文作者爲作家，麥田around書系總策劃）

＊本文篇名與小標，引自寺山修司所寫的俳句（haiku）和短歌（tanka）特別感謝吳繼文先生協助翻譯。

關於頭髮的趣味事典

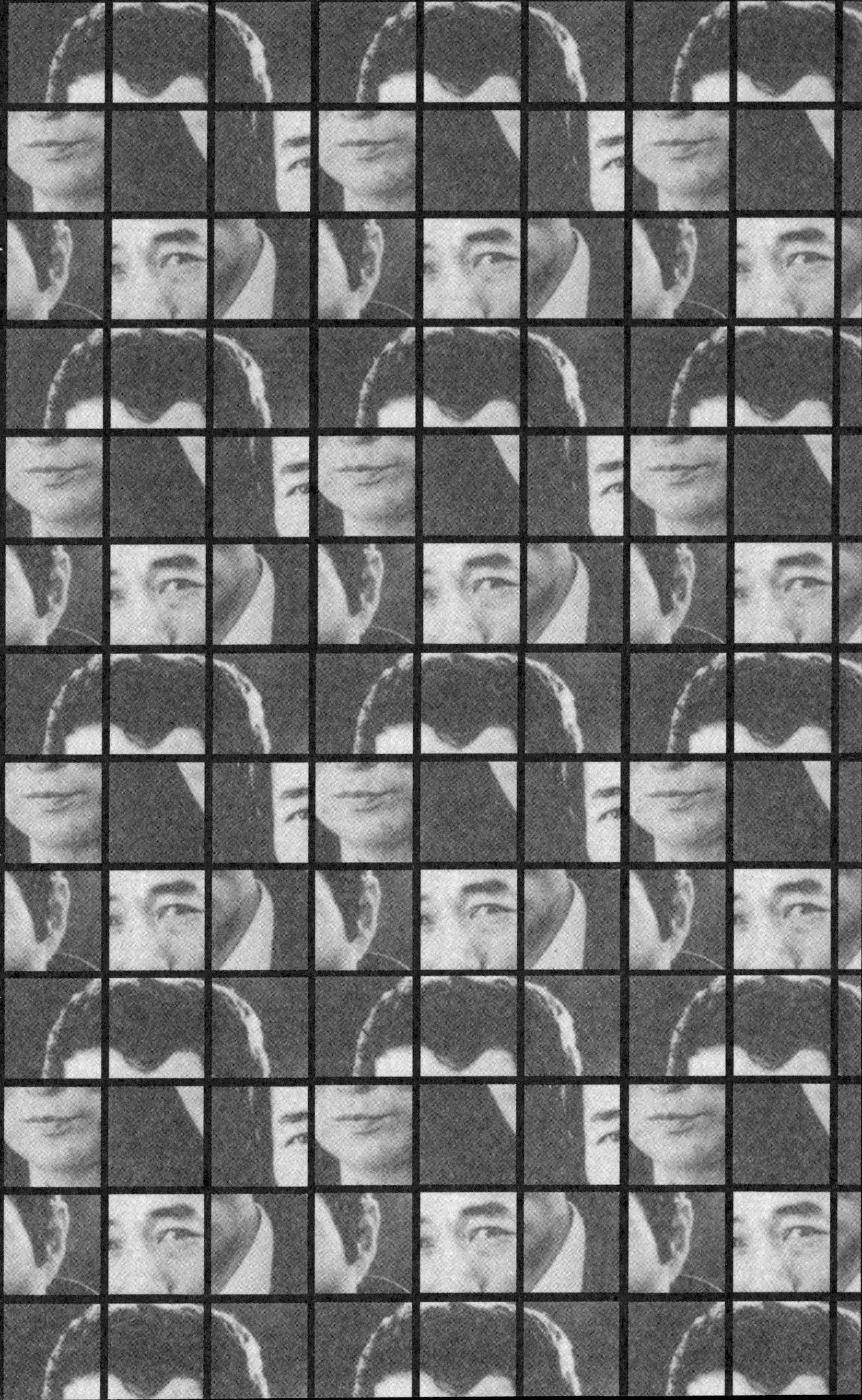

關於頭髮的趣味事典

「每個月被運往第五街五四五號的路易・菲塔處的毛髮量竟高達一百磅。菲塔必須從中選出德國女人的頭髮，製成金色的假髮；再用法國女人和義大利女人的頭髮來製作深髮色的假髮。註一」

這是美國作家蓋・泰勒斯（Gay Talese）所介紹關於頭髮的插曲，他對剪落的頭髮究竟如何被處理感到好奇。

我在紐約東村的一家小書店裡，發現了一本名為《髮》（*Hair*）的奇書，而開始思索自己被剪落的頭髮究竟下落如何。

這本書為紐約的庫珀—休伊特設計博物館（Cooper-Hewitt, National Design Museum）所編，可說是一本蒐羅了各種趣味傳奇的美麗頭髮百科事典。

長頭髮的男人被認為是外國人

一般來說，只要看到髮型，不論男女，都能猜出大致的性格、年齡、階級和身分。事實上，越南戰爭進行得如火如荼時，美國的反戰青年創辦了一本音樂雜誌《髮》（*Hair*），強調長髮是表達逃避徵兵的象徵，新音樂（New Music）領導人吉田拓郎註二也曾在歌詞裡唱到：

當我髮長及肩時
我們就結婚吧

「頭髮就像雜草，愛留多長就留多長。」對他們來說，長髮是一種象徵「自由」的身分證明。十八世紀後半的法國王族，喜好使用緞帶和髮帶裝飾的髮型，髮飾材質則多為黃金和琺瑯質，其實具有保護頭的作用。在新皇朝成立的豪華宴會裡，王族甚至在假髮上以塗抹香料的圓錐形飾品作爲妝點。

古代的埃及人同樣利用混合油脂的香料塗抹在髮飾上，時間一久油脂就會溶化，滴落於上衣的亞麻布料中。如此一來，肩線就會被完全濡濕，誘惑他們進入迷醉（ecstasy）的狀態。

古希臘時期的多利安人（Dorian）的金色捲髮是模仿競技運動格鬥的裝扮，當時以緞帶和手帕將頭髮束成上下兩段式的髮型，廣爲人仿效。

希臘羅馬時代的女性，頭上梳有一個小髮髻，

註一：金髮在西方世界為性感女性的象徵，但其實金髮的顏色十分多樣，有很多女性小時候雖然是金髮，但髮色隨著年紀增長而變色或加深的情況很常見。深髮色即是有別於金髮的一種髮色的典型。

註二：吉田拓郎，一九七〇年代將日本風民謠的熱潮導入日本流行音樂界，可說是帶領日本的流行音樂水平邁入新境界的最大推手。

（上）古代埃及王室的墓穴壁畫。畫中王儲的髮型即明顯地標示出其社會地位
（下）諷刺當時流行、雕琢過了頭的洛可可假髮髮型的漫畫。約十八世紀後半

現在只有在小說和電影裡才看得到這種髮型。

長髮成爲權威的象徵始於羅馬時代。羅馬人將外地人描寫成「留著長鬍子和一頭又亂又長頭髮的人」。其後的中世紀哥德時代裡，「外國的王」也被描寫成長髮的男子。

中世紀的法國人將後腦勺的下半部剃光並染上紅色（尤其是六世紀的法國王室）。對他們來說，頭髮是生命的象徵，甚至留下「如果頭髮要被剪掉，不如死去」這樣的描述。

進入十三、十四世紀，男人們上戰場時開始需要穿戴鎧甲，長髮變得不合時宜，於是開始流行起小平頭。但是，進入十五世紀，厭惡戰爭的民眾們卻開始流行留長髮。

義大利的長髮髮式「紮瑟拉」[註三]，是捲度小、長度及肩，染成金黃色的髮型，一般認爲這是最早流行的髮型。

這裡並非要談髮型的歷史，所以先就此打住，但可以確定的是長髮與和平之間的確有著深遠的關係，形成一部平民的歷史。

女人的頭髮可拉動大象

據說一個標準的成年人，頭髮數量（每個人或多或少有所不同）約有八萬到十萬根。

依江馬務的《日本結髮全史》所述：「之所以將頭髮稱爲『髮』（かみ），是因爲長在頭『上』（日文的『髮』和『上』發音同）。頭髮具有十分強韌的特性，從前就被拿來做成繩子使用，近代更有以頭髮來織布的嚐試舉動，正如大家熟知的比喻，女人的頭髮可以拉得動大象。」

不知道是什麼原因，小時候的我，很喜歡把掉落的頭髮撿起來纏繞在指頭上把玩。

黑色的頭髮緊緊纏繞在手指上的快感，或許是基於愛慕年長女性的心理也不一定。而且，我對剪髮蟲（天牛）有著異樣的恐懼，認爲理髮師眞的是一份很了不起的工作。看到剃光頭髮的和尚，就像看到外國人一樣（和羅馬人正好相反），那種心情至今依然清晰。總之，女人的頭髮，就應該是又黑又長又直。這是青少年時期的我，心目中理想女人的典型。清少納言在《枕草子》曾寫道：

烏黑亮麗的垂肩長髮實在是美不可喻

由此可知烏黑筆直的長髮是令人羨慕的。坪井正五郎[註四]有一篇論文名爲〈八丈島的婦人長髮的原因〉，論文裡談到，八丈島的女人一天要梳七、八次的頭髮。

註三：類似今日的辮子燙，將頭髮編成很多小辮子，之後再拆開的小捲曲長髮。

註四：坪井正五郎，日本東京帝國大學人類學權威。明治維新時期，以其為中心成立的東京人類學會，展開了以「土俗研究」為宗旨的活動。

於希臘奧林匹亞平原出土的古希臘運動競賽銅鑄雕像：二輪馬車駕馭者。可以看到當時男性既細緻卻又淳樸的一款髮型

據說這是維持長髮的秘訣，是否眞的可信，我也無法判定。但可以確信的是，不論是過去或是現在，大家對於「女人的長髮」的確抱持著憧憬愛慕的心態。

《迴轉遊戲》（*Helter-Skelter*）中的女人們，把自己的頭髮集結起來做成背心送給她們共同的「戀人」查爾斯．曼森（Charles Manson）[註五]。納粹強制收容所裡，德國人用猶太俘虜們的毛髮做成布料來使用。

對長髮的戀物癖（fetishism）中，讓我最爲著迷的，是一個少年將繼母的長髮剪下編成繩子上吊自殺的故事。

當時，還是國中生的我認爲，這位少年是爲了想報復後母，引起她的關注，才選擇這樣的方式自殺，現在回想起來，那個少年或許暗戀著自己的後母也不一定。「頭髮的功用除了防寒，保護頭部以免直接被傷害外，也和雞的雞冠與獅子的鬃毛一樣，有著性的暗示和象徵。」（江馬務）

石坂洋次郎[註六]在一篇名爲《山的彼端》的校園小說中，曾經創作了一首關於中年教師的和歌[註七]。

秀髮烏黑亮麗的女人，觸發三十歲男人肉體的哀愁

頭髮和性的關係的例子多到說不完。不只在日本的頭髮民俗史裡可以看見頭髮和性的關聯，《髮》的編輯布魯克．亞當斯（Brooke Adams）也曾經提到頭髮和性的關係。

禿頭三根毛！

中世紀文藝復興的女性，單身時大多留長髮，一到婚後就習慣把頭髮挽成髻。

換句話說，「挽髮髻的女人」是別人的妻子，不能懷有不良的意圖。這和猶太教爲了讓女性結婚之後不再去迷惑其他的男人，約制已婚女人必需剃髮戴假髮成爲對比。

放棄身爲女性的身分，這個習慣和日本古代女性「剃眉，染黑牙齒」的習俗相似。不論東西方，女人結婚後「不可以去迷惑其他的男人」，這種不成文的社會規定卻是相同的，眞是很有趣。

日本女人的髮髻

一般來說，長髮是處女的象徵。即使頭髮受損生病也不剪掉，而是以藥草和治療技術來保住頭髮，並且用木梳或是象牙梳子等工具來保持頭髮的年輕狀態，讓滑溜的長髮垂到肩膀，或是捲到耳後。聽到死掉的蛞蝓皮膚對治療禿頭很有效的說法，有人更毫不猶豫地嚐試。

註五：查爾斯．曼森，美國史上最著名的殺人魔。電視影集《迴轉遊戲》（一九七六）即是以曼森以及其組織「曼森」家族成員的觀點來述說他們的生活方式，以及殘忍的犯案過程。曼森宣稱，因為受到知名搖滾樂團披頭四的歌曲〈Helter-Skelter〉感召，而帶領信徒犯下謀殺案。

註六：石坂洋次郎（一九〇〇～八六），日本小說家，長期的教師生活使他熟悉小城市的學生和下層社會的生活，為其文學創作打下了基礎。

註七：始於奈良時代的日本固有詩歌的總稱，當時為了與漢詩區別而稱和歌。

她們對於「長髮可以迷倒男人」一事深信不疑

一旦結婚後，女人用美麗長髮迷惑男人，卻成爲罪惡的根源。接受這些社會教導的已婚婦女開始燙頭髮，用髮飾遮蓋容貌，或利用髮網來改變髮型。這種中世紀風的髮型一直爲婦女們所喜愛，直到一八六〇年代開始流行用髮夾和髮圈等髮飾。一九三〇年後，電影《亂世佳人》裡深紅色的髮型卻在世界各地的已婚婦女間造成流行。

日本開始引進燙髮機器，是很近期的事情，大約是在昭和四年（一九二九）左右（在此之前，大正時代（一九一二～二六）已有用「鏝」[註八]使頭髮呈波浪狀的技術引進）。但是，以已婚婦女爲對象的美麗服飾和燙髮的流行，卻引起不少保守派人士的反對。他們認爲「日本女性頂著洋人髮型，卻忘記了日本原有的美麗髮式」或認爲「燙髮將頭髮原本的自然美感破壞殆盡」，更發起了「把頭上的鳥巢摘除」的運動。

燙髮燙出火花
眼看就要燒傷
禿頭只剩三根毛
啊，眞是太羞恥了
再也別燙頭髮了

但是，燙髮的流行熱潮並沒有因此消失。在經歷了滿州事變、上海事變、日華事變和軍國化後，「國粹主義者」甚至施壓於國民精神總動員委員會，要求全面禁止燙頭髮。也就是所謂的「禁止燙髮、捲髮和其他所有華麗的服飾和妝扮」。

我個人認爲國粹主義或許是源於處女崇拜吧。

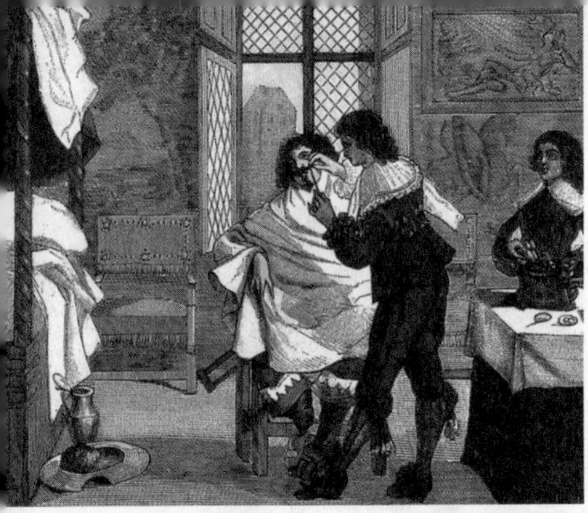

（上）十七世紀時，髮型師的地位益形重要，由圖中為貴族修整鬍鬚的理髮師的講究衣著，即可見一斑
（下）一幅宣示著髮型師在十九世紀中流行時尚圈搞怪有理的漫畫：一個淑女與她的愛馬的最新髮型

另一方面，在歐洲開始流行假髮，人們除了修飾眞髮外也利用假髮來打點造型，比起處女們，已婚婦女更是注意外表的打扮，不惜花費時間與精力裝扮自己。

由此看來，當仔細思考女性頭髮的文化時，就和思考婚姻制度一樣，是個很大的課題。因此，跟上述的思考比較起來，《髮》這本畫報裡的內容，表達算是十分含蓄。

靈魂藏身在頭髮裡！

我們有時會被名畫或是優秀雕刻作品裡的貴婦人髮型所吸引。

到底是誰創造了這些髮型，沒有人知道。西元前三六〇〇年左右的「黃金時代」的婦人們，對於做頭髮十分地講究，「青銅時代」（西

註八：讓頭髮呈波浪狀的燙髮道具，形狀類似剪刀。

元前約二〇〇〇年前後）的婦女使用髮網一事也已被証實。不但把頭髮弄捲、加熱、染色、褪色、潤滑、增艷，還噴香水，依個人喜好創造出各種髮型。設計出來的髮型據說超過數千種樣式，但是髮型設計師卻幾乎不爲人所知。

古代埃及（正如埃及繪畫中所示），社會地位高的人多半有自己的整髮奴隸，並且想辦法製作假髮。

古代希臘依個人體型來設計適合的髮型，這的確需要專門的技術，但是否存在專業的「美容師」卻無法確定。美容師在社會上擁有一定的地位據說始於羅馬時代。但是，羅馬時代的人認爲「靈魂寄居在頭上」，所以根本很少洗頭。不過，在女神黛安娜[註九]的生日八月十三日卻是例外，這一天被定爲「洗髮日」，因此，美容師在一年裡只有這一天十分地忙碌，這也是羅馬的洗髮精產業無法興盛的原因。

美容師除了設計髮型外，也會在髮色上下工夫。當金髮在羅馬的夜間聚會流行時，美容師用漂白技術讓髮色變成金色。當亞麻色的頭髮在上流社會仕女間造成流行時，美容師則採用染色技法。

中世紀「整髮師」的地位，一般被認爲比古代的整髮師地位低。中世紀時，因爲服裝的關係，短髮反而比較合宜。

後來，進入十二世紀，「幫小孩剪頭髮」變成家長的必備功課之一。

很會剪頭髮的人
能夠成爲好父母

大家似乎都這麼認爲。理髮（美容）變成一件極道德的行爲，一三〇八年「理髮師可以在理髮院裡使用剪刀」一事被正式許可。整髮師的歷史可說意義深遠，但在此卻沒有篇幅容我再敘述下去。

我因爲邂逅布魯克．亞當斯的書，才了解到原來頭髮也曾有過壓抑與解放、沉默與表現、自然與人工之間的爭論，讓我無限感慨。

對了，明天我要上理髮院。

清洗我頭上「宿著靈魂的地方」。

註九：戴安娜（Diana），羅馬神話中的狩獵女神、也是月亮女神。羅馬人為祈求豐收，而在女神生日當日舉行慶典。

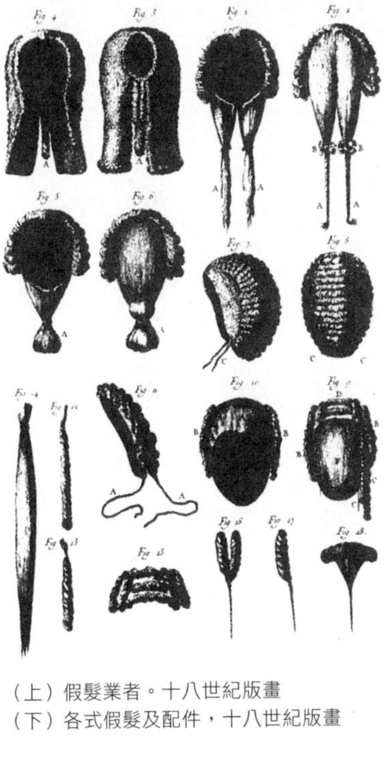

（上）假髮業者。十八世紀版畫
（下）各式假髮及配件，十八世紀版畫

成為青蛙學者的愉快百科

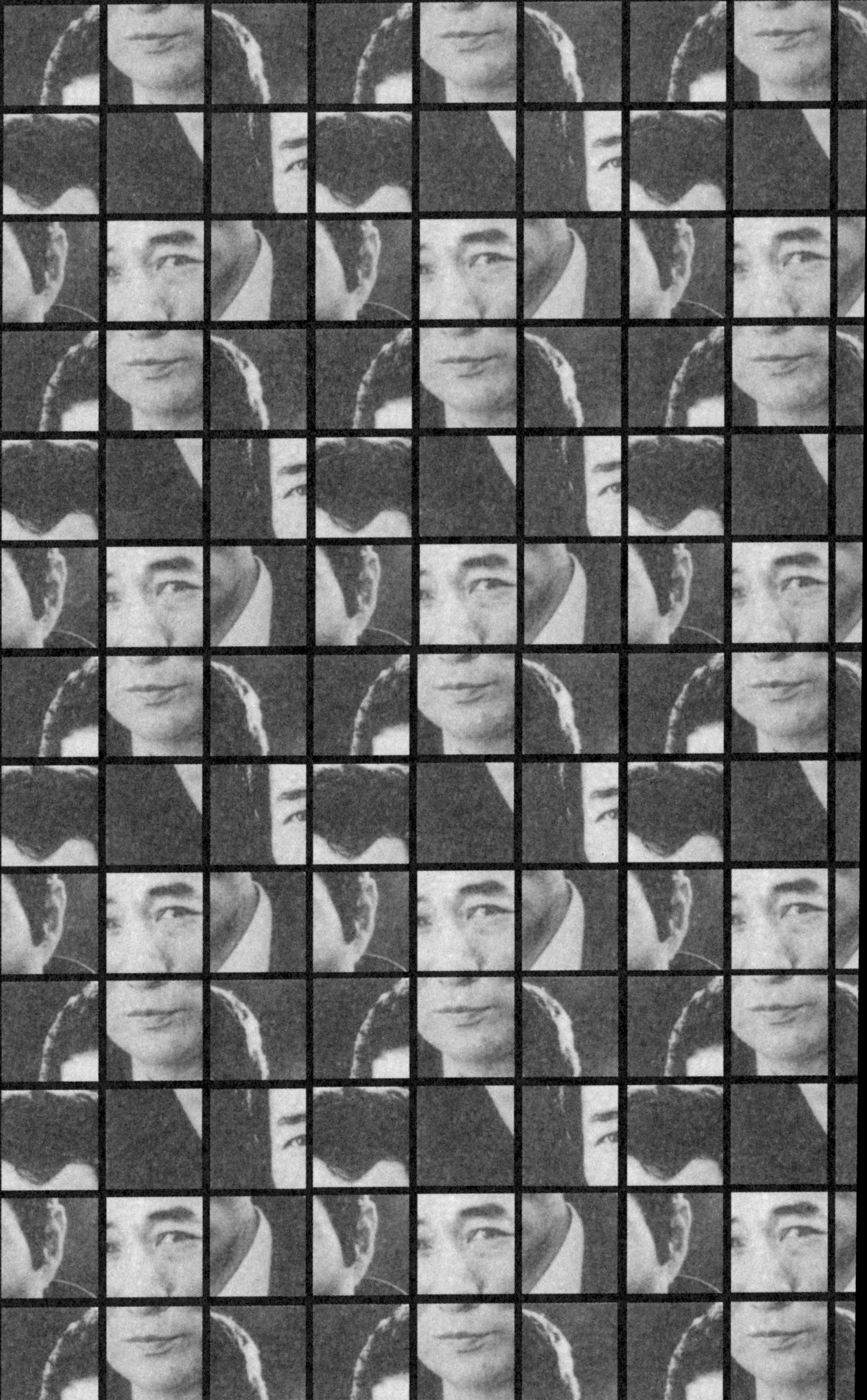

成為青蛙學者的愉快百科

在美國有一種說法：「殺死青蛙，將會連下三天的雨」。

在伊朗的話，「殺死青蛙，手上會長小肉瘤」。

在英國，據說「殺死青蛙，夜晚會出現怪物，在你背後挖洞」。

往美國的南方走，還會聽到「殺死青蛙，牛將會擠出紅色牛乳」的說法。

但是，沒有人見過真的有人曾擠出紅色的牛乳。

我聽說過最奇怪的預言是，「如果有一隻青蛙出現在眼前，並且開始張開嘴巴動，這隻青蛙一定是在數你有多少顆牙齒。如果不趁牠還沒數完之前趕快離開，就會喪命。」

這些預言是我在蓋瑞德．杜納松（Gerald Donaldson）的書《青蛙》（*Frogs*，一九八二）中發現的內容。

騎青蛙翻越安地斯山的探險家日記

蓋瑞德．杜納松的《青蛙》，可說是一本搜羅了文化史上和青蛙有關的作品之考察大全，一本珍奇之書。

作者蓋瑞德．杜納松以「青蛙狂」聞名，這本書裡除了收錄與青蛙相關的詩、傳說、軼話、寓言外，還收錄了多達一百二十五張的彩色和黑白的青蛙插圖。

先大致瀏覽一下目次的內容：

一、青蛙的超優智慧

（追究考察童話和寓言裡所描寫的青蛙為什麼充滿了智慧）

二、青蛙的愚行和弱點

（分析繪畫、傳說、歌詞裡所描寫的青蛙之所

以擁有強烈的追求功名心的原因）

三、青蛙擁有的不可思議力量

（以事實和虛構的例子來証明青蛙體內隱藏的奇蹟般的能力）

四、從宗教神話的角度來分析古代的青蛙

（主要以古代史裡的青蛙爲對象）

以上爲作者列出的主要項目。

一九七〇年丹麥人克內德·史文森（Knud Svenson）挑戰了世界首次的「翻越安地斯的青蛙隊」紀錄。

遠征隊從智利北部的主要都市伊基克出發，穿越安地斯內地五百公里的路程，朝玻利維亞的聖克魯茲前去。

史文森以前曾挑戰過「乘著兔子環遊世界一周的船之旅」，但卻沒有成功。

現在就來看看這次「穿越安地斯的青蛙隊」之旅結果如何？

以下是從他日記裡摘錄的部分內容。

一月十九日　遠征隊出發的日子延後了三天。爲什麼呢？因爲我一坐上去青蛙就被壓扁了。在找到其他的青蛙之前，只能在這個太平洋沿岸的酷暑城市伊基克繼續等待。

一月二十一日　適合出發的好天氣。陽光雖然很大，但東北風很強，感覺很涼爽。和負責行李的挑夫們也談妥了運費的問題，一切準備就緒。

早期百威（Budweiser）啤酒廣告中的青蛙造型。擬人造型的青蛙，不僅逗趣可愛，似乎也寄寓了人們對於青蛙們看似十分悠閑的生活情調的渴慕

雖然如此，我一往青蛙背上騎，還是把牠給壓扁了。這是怎麼回事！如果二月中旬前無法到達安地斯山麓的話，南美的冬天就要來臨！

一月二十六日　既沒有放上鞍，也沒有揹行李，但我一跨上去，青蛙又立刻被壓碎了。

再這樣下去就要改變方法了，我用走的，讓青蛙搬運行李好了。這樣要越過山雖然很困難，但總是比還沒開始就放棄要來得好吧。

一月二十七日　我終於明白即使東西再怎麼輕，青蛙還是無法搬運任何東西。昨晚，試著把行李放在青蛙的背上，七、八隻青蛙馬上就被壓扁了。

一月二十八日　今天我們終於從伊基克的市中心出發前往玻利維亞的聖克魯茲，展開這趟五百公里的旅行。

全部的青蛙都沒有揹任何的行李，並且一開始就以猛烈的速度往前跳。

但是，不到十碼時就撞上牆壁，失去了方向感。

這次換乘坐蛆渡過史卡格拉克河

二月六日　一邊思考著如何製造適合青蛙用的馬鞍，幾個星期以來一直很焦躁。安地斯的冬天腳步越來越近了。

二月七日　青蛙實在是太滑了，不論用什麼樣的方法，馬鞍都無法好好地裝上。

於是決定去拜託比利時的專家。

三月三十日　比利時的專家終於來了。他認爲青蛙根本不適合這種旅行。知道他原來只不過是個詭辯的騙子，我們決定不支付他回國的費用。

三月三十一日　因爲夢到了喉嚨處有一隻馬來西亞的癩蛤蟆（Lepra frog，代表癩病、痲瘋病的青蛙）而驚醒。

是比利時的專家搞的鬼。

我們一說會支付他回國的費用，癩蛤蟆立刻就消失了。

三月三十二日　將青蛙放入箱子裡。天氣很好。

在到達波索・阿蒙特（位於智利境內）的山麓之前，我沒注意到有人將青蛙從箱子裡放了出去。

三月三十三日　我開始懷疑智利人的月曆。

三月三十四日　什麼！青蛙竟然在用午餐時回來了。

將牠們放入箱子中，再度出發。

三月三十五日　一定是看錯地圖了。竟然在路途中遇見比利時的專家。

他將南美洲的singing toad（會唱歌的蟾蜍）往我身上丟。

那傢伙一定正在研究會唱歌的蟾蜍。我向他提起RSPCA（Royal Society for the Prevention of Cruelty of Animal，皇家動物愛護協會）。

格林童話〈青蛙王子〉的插畫。故事中的青蛙，不僅是被當作與公主「門不當，戶不對」的醜怪傢伙，更是帶有巫術魔咒色彩的，不能輕易冒犯的對象

> **三月三十七日** 乘坐青蛙越過安地斯實在太難了，因爲山實在太多。終於明白這是件不可能達成的任務。
> 應該從更簡單的地方開始才是。
> 因此，這次決定乘坐蛆渡過史卡格拉克河[註一]。

這個令人捧腹大笑的日記引自《巴特・費格的少年少女的惡趣味之書》（*Bert Fegg's Nasty Book for Boys and Girls*，一九七四）[註二]。

三月底以來，「我」的腦袋開始變得越來越奇怪，這一點從日記的日期馬上可以看出。即使如此，乘坐青蛙越過安地斯山的想法，和其他青蛙文學和青蛙詩集裡有著相似的幽默。

這本書裡不只是巴特・費格如此，以青蛙作爲主角的史坦貝克（John Steinbeck）的小說、朱勒・何納（Jules Renard）的詩、艾蜜莉・狄金蓀（Emily Dickinson）的詩、亞洲的民間傳說、克莉斯緹娜・羅賽蒂（Christina Rossetti）的詩等，都被收錄在「青蛙文學」的選集裡。

原本還想摘錄草野心平[註三]的英譯詩，但想想實在有點「流於嬉戲」，於是放棄這個念頭。

用青蛙骨做成的「愛的詛咒」讓兩個人能夠結合

西元前七九年死於維蘇威（Vesuvius）火山爆發的羅馬作家普林尼（Gaius Plinius Secundus），認爲青蛙是性的象徵。

讀他的著作《自然史》（*Natural History*），就會明白是怎麼回事。例如，他相信「青蛙能夠讓出軌的妻子和她的愛人分開」。此外，據他所言，「古代波希米亞的年輕人，用青蛙來贏得年輕女性的愛」。

更具體地說，他們會在聖喬治（Saint George）之日[註四]捕捉青蛙，用白布將青蛙包住放在蟻塚上，直到日落爲止。

青蛙會被螞蟻們團團纏住，直到悶死。

最後，青蛙的屍骸只剩下鑰匙形狀和鑷子形狀的小骨頭各一根，年輕人就將這個鑰匙形狀的骨頭拿去掛在喜歡的女人的衣服上。如此一來，她們就會因害羞而慢慢地讓頭垂下，接著心神盪漾，陷入情網。（如果想和女人分手也很容易，只要將鑷子形狀的骨頭碰觸女人的身體就行了——女人對男人的愛就會消失無蹤，兩人便可以輕易地分手。）

類似的青蛙咒術還有很多。中世英國的德比郡（*Derbyshire*）一帶，當女人想要挽回變心的情人，就會去拜託施術者使用以青蛙爲媒介的巫毒

註一：史卡格拉克（Skagerrak）河位於北歐，流入挪威及丹麥中間的史卡格拉克海峽。

註二：本書為英國知名電影導演、劇作家泰瑞・瓊斯（Terry Jones）與兼具旅行作家、劇作家、演員身份的麥可・帕林（Michael Palin）合著。

註三：草野新平（一九〇三～八八），詩人。著有詩集《母岩》、《蛙》等。

註四：每年四月廿三日為英格蘭守護者聖喬治的忌日。

（上）拉斐爾畫作「聖喬治屠龍」，一五〇五
（下）老普林尼《自然史》內頁，一四七二年印刷版本

教（voodoo）註五儀式。換言之，他們會將針刺滿活生生的青蛙身上，然後埋起來。如此一來，情人就會承受無法忍受的痛苦，立刻回到女人的身邊。然後，再將死去的青蛙挖出來，把身上的針都拔掉。

依照傳說，「不久後二人就能順利結婚了。」

這就是這個咒術的目的。

在東約克夏，據說爲愛而煩惱的女人利用波西米亞的青蛙骨頭來當做守護符，就可以找到幸福。

把一根針插入青蛙身上，然後將青蛙放在箱子裡，直到牠翻身死亡爲止。之後，把青蛙身體裡的鑰匙形狀的小骨塊取下來，一邊唸著咒語：

我很明白青蛙的痛苦
但我的心更痛苦
在他開始愛我之前
希望這根骨頭永遠不會被發現

並將這根骨頭緊貼在喜歡的男人身上（不要被他發現）。

年輕人大概也會和青蛙一樣感到痛苦，而來到施咒的女人身邊吧。此時，只要女人對他百般溫柔，相信兩個人的愛很快就會萌芽了吧。

民間傳說裡，青蛙時常擔任著明星級的角色，而且多半是和愛有關的情節。或許普林尼的見解是正確的。

依佛洛依德的看法，傳說裡出現的青蛙是陽具的象徵。

有一枚在埃及發現、但現在陳列在大英博物館展示的銅版，銅版裡男人的陽具前端，竟然畫著一隻青蛙的模樣。

「最早時，陽具對女性來說是令人恐懼的東西。但只要了解到性的愉悅，女性就會開始明白，自己原本恐懼的東西竟然變成如此地可愛。」這是蓋瑞德·杜納松的看法。

青蛙與巫術魔法的關係深遠，伊莉莎白·史泰爾（Elizabeth Stile）此幅作品即描繪女巫餵食癩蛤蟆。大英圖書館收藏

從美味的青蛙料理到青蛙相關的民俗學

少年時代，我一直相信「聽到蛙鳴就會下雨」這樣的說法。

但是我並沒有去深入追究其中的原因。在古代的委瑞內拉，青蛙被當成「水之神」受到崇拜，我想這是因爲青蛙是兩棲動物的關係吧。

據說在中美洲的秘魯、哥倫比亞，行家們把黃金做成的青蛙放在小山丘上，以乞求下雨。

但是，澳洲的東南部卻剛好相反。爲了希望不要下大雨而善待青蛙。澳洲人認爲「青蛙的肚子裡沒有腸子，而是裝滿了水，如果傷害青蛙或是殺害青蛙，就會下大雨。」

這則地方傳說大致如下。很久以前，據說有一隻青蛙喝乾了湖泊和河川的水而變得十分巨大，一邊低聲發出「布魯克！布魯克！」的聲音，肚

註五：現仍廣為美國南部及西印度群島黑人信奉的一種原始宗教，由非洲傳入。

子不斷鼓動起伏著。因爲全部的水都被青蛙喝乾了，致使其他的動物們求不到一滴水而瀕臨渴死狀態，痛苦不堪。動物們一致認爲「必須趕快設法讓青蛙笑，好讓他把水吐出來。」但是，一隻一隻輪流前去的動物卻全都無功而返，青蛙簡直看都不看他們一眼。

此時，海鰻一族人聚集起來，用湖邊的草和水藻捲起全身，並將尾巴伸直，開始大跳夏威夷舞。果然連青蛙看了也忍不住大笑，總算張開大口把水都吐了出來。

湖和河川終於再度重現，這些水都是曾被喝入青蛙的體內再吐出來的水。

或許是和水的聯想吧？

青蛙在古代埃及被視爲多產的象徵。但是，在中國，青蛙註六卻代表著月亮。

在緬甸和東南亞的傳說中，青蛙吃掉了月亮，所以「月亮才會消失」。只是，民俗學的考證是沒有盡頭的，故先就此打住。

文章結束前，來看看「美味的青蛙料理」到底是怎樣的一道菜。

以下青蛙料理的作法引用自碧頓太太（Mrs. Beeton，一八三六～六五）的《居家管理手冊》（*Book of Household Management*，一八六一）註七。

燉青蛙肉

〈材料〉

青蛙　六～八隻

沙拉油　白酒　1/4品脫（一品脫等於0.47升）

利口酒（liqueur）2小匙

新鮮的磨菇　8個

醬油（brown sauce）　1/4品脫

鹽、胡椒

〈作法〉

只用青蛙的後腿來料理。因此，要小心地將後腳撕下來。在燉鍋上抹一層薄薄的沙拉油，等油熱時將六至八隻青蛙的腳並排放入鍋裡。煎二至三分鐘後翻面。加入利口酒，讓皮和肉不要分開。再把磨菇放在蛙腿上，小火煮三十分鐘。

趁熱移到盤子上。然後製作淋醬，在小燉鍋裡放入紅酒，讓酒迅速濃縮然後加入醬油。

俗話說民以食爲天。吃的不過癮的人，務必閱讀《青蛙》原著。這是一本保證趣味十足的「青蛙百科」。

註六：此處似是寺山的誤解，將蟾蜍與青蛙的形象混同了。

註七：據稱是維多利亞時代最暢銷的持家寶典。現成為歐洲傳統價值和高品質日常用品的代名詞。

中國宋末元初畫家顏輝「蛤蟆仙人像」。約十四世紀初。此圖也顯示了青蛙、蛤蟆與中國民間信仰和傳說間的密切關係。

當男人擁有後宮時

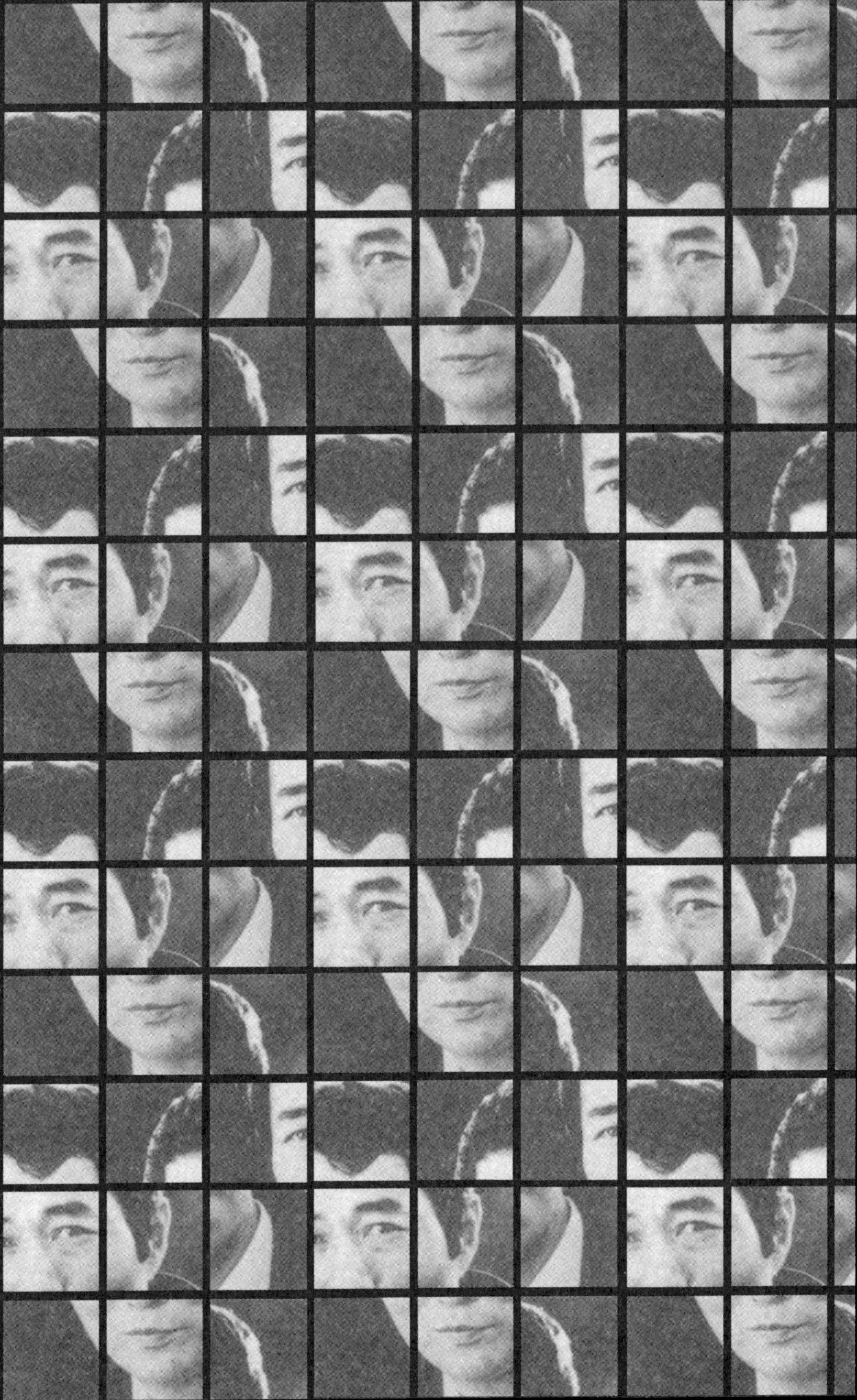

當男人擁有後宮時

幻想有一天成為專制君主。

在波塞波利斯（Persepolis）註一的城堡裡設置後宮，裡面住著二百位女奴隸，一邊在浴室裡和美女們嬉戲，並讓吟遊詩人在一旁演奏著音樂。

事實上，我發現這樣的美夢，只存在於歷史的「假象」裡。

因為，設置後宮和設置牢房，本質上是基於相同的思考。

到底後宮的情況如何？

被囚禁在裡面的女人們，又是以什麼樣的表情，從裡面的窗戶，觀望著外面的世界？

這一篇文章是為了那些夢想擁有後宮的男性朋友們所寫的簡單入門介紹。

你有幾位妻子？

在伊朗發生革命註二前，有一次去訪問伊朗時，友人薩法利向我介紹一位穿著chador（伊朗女人外出時穿的連身黑斗蓬）的女人。

「這是我的妻子。」

她是一位十分高挑又纖瘦的波斯女性。

但是，幾天後，有一次在飯店的大聽和薩法利相遇時，他又帶著另外一位女人。

「這是我的妻子。」

薩法利同樣如此地跟我介紹，我以爲他是在開玩笑。他的妻子「應該是位高挑又纖瘦的女性」，但我面前的這位女性是個嬌小又有點豐腴的女人。

我靠到薩法利耳邊小聲地問他。

「到底那一個才是你的妻子？」

他十分認眞地回答。

「兩個都是。」

薩法利於是告訴我，即使到了現代，回教國家依然允許男人擁有四位妻子。

因此，在伊朗，也有第一任妻子到第四任妻子同住一個屋簷下的情形。依此看來，現代的社會的確存在著「後宮妻妾」的情況。

娜迪亞・塔吉（Nadia Tazi）和安娜貝勒・莒哈爾（Annabelle d'Huart）共同著作的《後宮妻妾——女人年代記》（*Harems*）裡，對於後宮和一夫多妻制，有著徹底的分析，可說是一本珍奇之書，讀來十分有意思。

序文中，羅倫斯・杜勒（Lawrence Durrell）寫道：

註一：波塞波利斯（波斯城），波斯帝國大流士一世於西元前五二〇年下命建立之古城。

註二：執政的巴列維國王在伊朗進行激進的西方改革，引起國內伊斯蘭勢力的強烈不滿，巴列維更在一九七八年遭驅逐出境，由伊斯蘭精神領由何梅尼執政，伊朗因而成為一個政教合一的共和國。

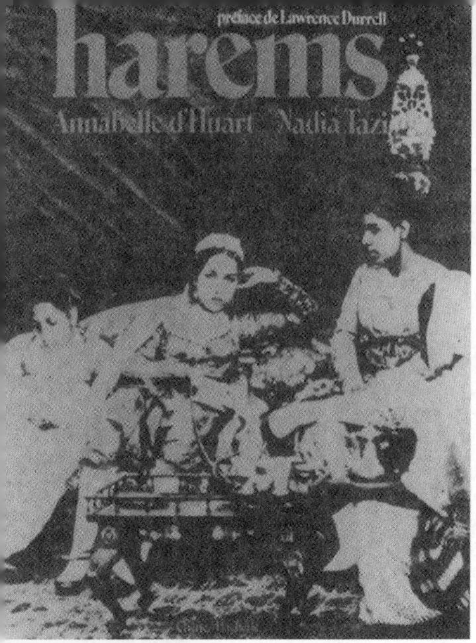

（上）《後宮妻妾》書影

（下）伊朗街頭仍可見到的戴面紗的女人。面紗是伊斯蘭世界的女性主要服裝chador最重要的一部分，也是將其中的象徵性、實用性與裝飾效果，以及歷史感與道德價值共冶於一爐的關鍵符號

「harems這個詞，意爲『禁忌』，指的是家中女人圍繞的地方」，而且據說「在十字軍東征前就有後宮（harems）這種情況的存在。但十七世紀之前，只有宮廷中的人才知道；直到《一千零一夜》被翻譯並廣爲流傳後，才廣爲一般民眾所知。」

畢竟，在思考一夫多妻制的問題時，不得不讓人聯想，那個時代中一夫多妻的思考，是爲了維持男女間的權力均衡吧。

但是，杜勒還說，「依科學角度來看，女性之所以被給予自由，主要是因爲以家族爲同心圓的權力均衡中心發生了劇烈的變化。」

確實，強制性的一夫一妻制，等於是在家族的圓圈裡設置了兩個中心軸。因此，產生了新的「權力均衡」結構。

但這樣的權力均衡即使在現代，依然讓人覺得是個危險的平衡。

男人們時常會夢想「後宮妻妾」，女性們則時常想抹去這個夢想。夫婦交換（swapping）和3P、4P、性行爲的互相觀賞等等的行爲，都可以說是爲了維持夫妻間「權力均衡」的智慧產物吧。

在往下閱讀之前，先來談談關於這兩位作者的背景。

娜迪亞是專門研究伊斯蘭社會中女性相關問題的研究者。總之，她以女性被「囚禁」的立場出發而作的相關研究聞名。是一位摩洛哥人。

安娜貝勒則是一位美術肖像研究者（iconographic），凡是東洋的寫實畫、版畫，以及被東洋風所影響的十九世紀歐洲畫家們作畫「主題」的選取和過程，都包含在她的研究範圍之內。

（由左上、右上至下方）一七八五、一九二三及一九二六年出版的不同譯本《一千零一夜》書內插畫

「愛撫機械」的取得方法

依許多歷史學家的看法，後宮的起源可上溯到古波斯時代。

一般的認知爲，巴格達的專制君王雷席德（Haroun al Rashid）[註三]的時代，開始在各處建造後宮。當然，據說穆罕默德（Mohammed）從薩拉森（Saracens）[註四]的久遠文化中就已經將這樣的構想納入，《聖經・舊約》裡也確實記

註三：西元七八六～八〇九年間巴格達政權的執政者。

註四：薩拉森的原意，係指從今天的敘利亞到沙烏地阿拉伯之間的沙漠牧民，廣義則指中古時代所有的阿拉伯人。這些沙漠牧民在第七世紀追隨穆罕默德而興起，並在短短一百五十年間就建立了廣闊的帝國。

載著後宮妻妾的事實。

問題是後宮妻妾有著什麼樣的意義。

有一位學者曾說過「妻妾的人數越多，越能夠誇示自己的權力」，這等於是把女人看成自己的財產。也曾有學者解釋，因爲女性的出生率太高，不實行一夫多妻的話，將有許多女性找不到對象。（基於同樣的論點，也有人認爲因爲半數以上的男人在戰爭中死去，剩下的男性只好擁有「多妻」，「以維繫以家族爲同心圓的中心權力的均衡」）。

但是，我卻不認爲後宮裡的女人們，眞的擔任著所謂「家」應有的機能。

那些每天將身體洗淨，戴著面紗等著「丈夫」來到寢室的後宮女性們，怎麼也很難和家應有的機能，如保護、教育、宗教、娛樂、經濟等等的功能相連結。

換句話說，後宮的女性們是爲性而被囚禁的人，是被男性強權者強迫獨佔性生活的奴隸。至少，後宮女性們的立場不等同於現代新家庭成員中妻子的地位吧。

因爲明白後宮女人們的悲慘遭遇，路易十四和曼特儂夫人（Madame de Maintenon）特地將後宮的生活浪漫化。

例如，擁有廣大宮廷的土耳其皇帝，常在後宮裡貪婪地沉溺的，東方式的夢幻（王子們在後宮抱著妻子和寵妃這些「愛撫的機械」消磨日子）。

對他們來說，東方就是浪費、豪華的代名詞，並且擁有絕對的、權威式的愛。此外，東方不是以散文形式來表現，而是詩的表徵、是詩人拜倫（George Gordon Byron）筆下的主題、浪漫的泉源、海盜內心的死亡旅程，和對異教徒熾熱的戀情。

想重現這種專制君主下的後宮，向後世炫耀，而在後宮做特別的「演出」並「努力建立後宮形象」的人，不只是路易十四和曼特儂夫人。巴格達的巨富商人阿布達・納吉、薩德侯爵（Marquis de Sade）等也以符合各自所處的時代形式，苦惱著如何打造這樣的「樂園」。不，這樣的人應該爲數多到數不清才是。

所有的男人們應該都在自己的幻想中不斷追求著屬於自己的「後宮」吧。但是，去愛每個都只有一種表情的一百個女人，還是去愛有一百種表情的同一個女人，表面上來看，差異似乎不是那麼的大。娶妻就是擁有了後宮吧。

在後宮裡，皇帝也變成馬

依娜迪亞和安娜貝勒所言，蘇丹的後宮算是屬於神秘中的神秘。

爲什麼呢？因爲在後宮裡，國王、「卡利夫」（Caliph，伊斯蘭教執掌政教大權的領袖的稱號），還有權力者們，扮演的是順從後宮女人的奴隸，是被征服的一方。

男人們（也包括在歷史上留下記錄的英雄們）爲了那些魅力十足的後宮女人，打造宮殿，在絹

（上）有「太陽王」之稱的法王路易十四，身著芭蕾舞劇《夜》的戲服，扮演阿波羅。十七世紀版畫
（下）與路易十四秘密地成婚的曼特儂夫人

和錦上刺繡；並且爲了購得質地高貴的布料，不知不覺中甚至得罪父母、賠上財富和國家，更甚者，最後也失去了自己的權勢地位。

土耳其帝國裡，有幾個擁有不可思議魅力的古代城鎮。其中之一即是康士坦丁堡，建築在七個小山丘上，被澡堂（bathfall）和馬爾馬拉（Marmara）海所包圍。

旅行者們口耳相傳，說這裡是「世界上最美麗的城鎮」，事實上，對居住在這裡的人們來說，的確也是「世界上最美麗的城鎮」。

統治者塔克特・蘇萊曼（Takht-e Soleyman）是個脾氣火爆的專制君主，這樣的性格特質表現在對建築的喜好上，在各地建造了許多各式各樣的建築物。

這樣的蘇萊曼只有一個弱點。那就是和少女羅克瑟拉努（Roxellanae）的邂逅，並且對她一見鐘情，只要羅克瑟拉努開口，他都會順著她的意思去做。（Roxellance在歐洲語裡變成Roxan，但她在後宮的花名爲Khurrem。如果譯成法文就是La Joyeuse，「變成複數名詞，意爲『睪丸』。原形的Joyeux是形容詞，快樂、開朗的意思」）。

她其實並沒有美到令人驚艷，但散發的氣質和聰穎的反應，再加上幽默感，令男人不由自主地迷戀她。而且，令人驚異的是，她無法滿足於只服侍一位專制君主的性生活。

有一次，她和第一寵妃吵架，將她美麗的臉抓傷，還扯下她的頭髮。

不知道這件事的蘇萊曼和平常一樣召喚第一寵妃。

但是，因爲實在變得太醜陋，第一寵妃只好拒絕國王的召喚，始終關在房裡不出門。寵妃拒絕國王一事，實在是不曾有過的情形，這件事因而在皇帝的後宮史上成了引人傳述不絕的故事。不久，第一寵妃因國王的不滿被趕出宮外，羅克瑟拉努於是成爲「無人匹敵的後宮女王」。

蘇萊曼寧可背負著後宮的二百個女人對他的敵意和憎惡，直到死前都順從著羅克瑟拉努，成爲跟在她身後的奴隸。

「皇帝實在太迷戀羅克瑟拉努，對她的執著和痴迷，讓每個看到的人都不由得發出驚嘆的聲音。大家都稱呼羅克瑟拉努爲魔女。宮廷裡的人們和軍隊也都很討厭羅克瑟拉努，但蘇萊曼實在太強勢了，因而沒有人敢反抗他。」雖然沒有人親眼見過，但據說皇帝總是戴著項圈，被只不過是後宮女奴隸的羅克瑟拉努用鍊子拉著，並像馬

（上）路易斯畫作「拜謁（後宮與後宮女）」，一八七三
（下）十九世紀法國畫家讓・萊昂・熱羅姆以阿拉伯王宮為描寫對象的畫作「後宮露台」，約一八五六年

一樣用四肢在地上行走，讓坐在背上的少女羅克瑟拉努鞭打著皇帝的屁股。

絕對權威的君王竟然在宮內四處大聲稱呼羅克瑟拉努爲「女王殿下！女王殿下！」因此，不久後，羅克瑟拉努（史上首次，女奴隸入宮成爲皇妃）也就順勢成了皇帝之妻，坐上皇后的位子。

讓飼養的貓穿黑貂皮毛的國王

本書裡最有意思的內容之一，算是關於蘇丹的王妃基烏仙（Kiusem）的軼話了。

希臘出生的基烏仙，在海戰的時候，還只是一個十二、三歲的小女孩，就被抓到後宮裡。不到幾年，基烏仙還未成年時，就生下了馬拉朵四世（Marat）和亞伯拉罕（Ibrahim）[註五]。

後來，馬拉朵四世（十四歲）繼任王位，基烏仙竟然開始教導兒子同性之愛。

身爲母親的她，可能因爲不希望看到兒子步上其他許多君王的後塵，因擁有後宮妻妾而成爲一個墮落的君王。但被母親偏執的愛過度保護的年輕國王，後來卻成了一個以觀賞極端殘忍行徑爲樂的國王。

他讓後宮的女人們全裸，在自高處傾瀉的泉水之下淋上一個晚上，還把她們泡在水裡，讓眾人前來觀看，並且讓臣官中的同志們在獅子的檻欄裡實地上演同性愛劇碼。極爲殘暴的馬拉朵四世在二十八歲時，因爲熱病而發狂致死。後來，由二十四歲的弟弟亞伯拉罕繼位。

亞伯拉罕是個貪婪又粗野的男人，後宮裡的女人沒有一人能夠讓他滿足。因此，他讓愛妾們到公眾浴池去，替他尋覓新的女人。

他連鬍鬚都要掛上鑽石，並熱愛龍涎香，愛打扮，精力旺盛。並且，使用毛皮製的寢台、身穿

十九世紀法國畫家安格爾（Jean-Auguste-Dominique Ingres）畫作「後宮佳麗」（Odalisque with a Slave），一八四〇。圖中所繪的，在充滿豪華裝飾的東方式宮殿中，一個躺臥著的女子正在聆聽女奴為她彈琴

毛皮衣服還不滿足，連牆壁都掛滿了毛皮，甚至讓飼養的貓穿上黑貂的毛皮。

有一天，一位臣下來密告。

「後宮裡有一個女人，說了國王的壞話。」

國王認為要去一個個推敲到底是那一個女人所為，實在太麻煩，於是導出「不如把後宮的女人全部殺了，這樣『犯人』就不會漏掉」的結論。

後宮二百八十位的女性因而「全部被處死」。（但是，單純的國王到死前都不知道這個臣下的密告是母親基烏仙一手策畫的計謀。）

僥倖地從後宮逃出來的女性，把後宮其他女人全部被殺死的慘況傳出去，就這麼流傳到現代。

一夫多妻看起來似乎是個理想烏托邦，但事實上，複數的一夫一妻交織出來的故事也是悲喜劇般的人間百態。對了，薩法利也用他不太流利的日文說了：「聽起來是極樂，看起來卻是地獄。」

註五：馬拉朵四世於一六二三～四〇年時在位。亞伯拉罕即亞伯拉罕一世，於一六四〇～四八年在位，曾被控意圖弒兄篡位而遭囚禁多年，直至馬拉朵四世去世才得以釋放；但也因長年與世隔絕而陷於癲狂。

怪物們的嘉年華

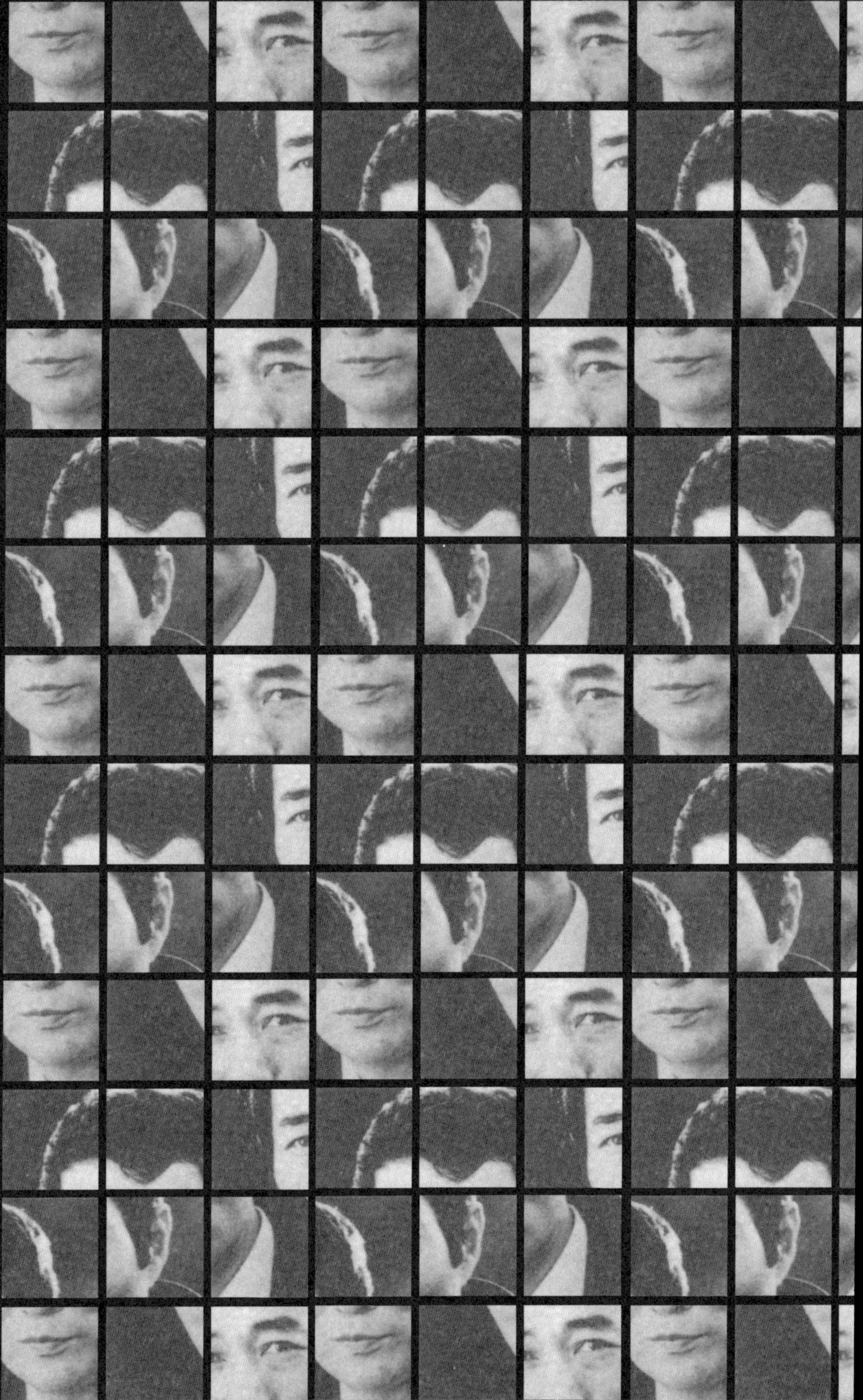

怪物們的嘉年華

「沒有怪物的社會，就像一道沒有加鹽的料理。」約翰・布雷（John Bley）如是說。

他指的怪物是畸形、殘缺、變形。

這幾年來，我因為涉略了名為〈畸形研討會，一寸法師[註一]的宇宙誌〉的長篇論文，開始對與怪物相關的書籍十分感興趣，最近得手的馬丁・蒙內斯丁艾爾（Martin Monestier）的《怪物們》（*Les Monstres*，一九七八）是其中很重要的一本。

他詳細分析與怪物有關的事物，包括怪物論的起源、形態、還有合成（人工）怪物的作用、對怪物的想像力等各領域的主題，在此介紹其中的部分內容，當成「話題」提供大家參考。

當像山一樣的胖女人與皮包骨的男人相遇時

最近因肥胖而煩惱的女士們，讀了這本書裡收錄的，關於超胖女人的故事，相信應該暫時可以鬆一口氣吧。

一九四五年，一位美國的胖女人裘莉・伊蓮從醫院的病床上「咚！」地一聲摔下來。

來了五位實習醫師，想把她抱回床上，但卻因為太重而搬不回去（因爲她竟重達三百五十五公斤）。五個人拚命地一起發出聲音使力，花了二十七分鐘才把她搬回床上。眞的很辛苦。

裘莉雖然是病人，但多莉・丁柏卻是藝人。她的胸圍有兩百一十公分之大，體重二百八十一公斤，身體很健康。而且，她還是「畸型觀賞物美國胖肥秀」的招牌，一天可賺進三百美元。

雖然她是秀場的招牌，但同時也是一位普通的妻子。她住在佛羅里達一間「耐得住超強颱風的家」，一天要吃二・五公斤的肉、四塊麵包、二公斤的馬鈴薯、八升的牛乳、再加上蛋糕和冰淇淋。

讀了這樣的報導內容，眞是被她的豪邁作風打倒。對於連喝咖啡都得猶豫要不要加糖的現代妻子們來說，一定覺得簡直是天壤之別。據馬丁所言，一八九七年在比利時還曾有過「胖肥同盟」。

十七世紀捷克教育家夸美紐斯作品《世界圖解》（*Orbis Sensualium Pictus*，一六五八）中的插圖。此圖集合了當時人們心目中的各種畸形的標準：異常高大、侏儒、連體、雙頭、大頭、大鼻子、厚唇、臉頰鼓脹、斜視、歪頸、駝背、膝蓋或足踵內彎、尖頭等，甚至頭髮稀少也包括在內

而且只有超過二百公斤的男女才能入會。成員的共同話題爲「身爲胖子的好處」，然後舉杯暢飲。因此，這是個十分快樂的胖子聚會。

有胖子當然就有瘦子。在同一本書裡提到，二十公斤以下的瘦子，看起來就像活骷髏，和胖女人一樣，是大家好奇的觀賞對象。

例如，有一位法國男人克羅德．蘇拉生於一七九八年香檳新地區，到一八二五年爲止，以「移動的骷髏」聞名，成爲人們觀賞的對象。他身高一米六二，體重卻只有二十公斤。他每天只吃一片麵包，喝少量的酒，卻「極爲健康」，讓大家都十分訝異。

馬丁從這些記錄中，導出以下的奇妙結論：

註一：身長一寸的男子打退惡鬼救出公主的故事，最後藉助惡鬼的魔法槌子終於長大成一般人。寺山修司曾拍過一部以一寸法師的純真愛情為主題的短片《試過矮子》（一九七七）。

「大胖子和活骷髏互相吸引」。

嬌小瘦弱的女人和塊頭大的男人、瘦小的女人和肌肉男、猿猴女和鱷魚男結婚，二十公斤的彼得·魯賓斯和二百三十五公斤的大肥女芭妮·史密斯之所以會結婚的原因在於，「要有幸福的家庭，最重要的就是互補的平衡」。

我的父親是胴人、芋蟲？

少年時代，我家附近住著一位沒有四肢只有身軀的「胴人」。

生長於由母親扶養長大的單親家庭的我，擅自幻想著這位胴人是我的父親，對他懷抱著一股懷念的熟悉感和畏懼之心，甚至常跑去窺看那位胴人住的簡陋小屋。母親對於我的行爲曾憤怒地斥責，甚至有時還哭著對我說「別再去了！」

胴人就像江戶川亂步[註二]的獵奇小說《芋虫》的主角般，沒有手也沒有腳，只能靠嘴巴咬著筆，用寫的來表達自己的意思。

附近的人都戲稱他爲「德利男」。就像是存放酒的德利甕[註三]，除了身體外什麼都沒有。爲什麼會把他想成是自己的父親，我至今依然不明白原因。但是，這種「想像」直到我國中畢業前都沒有停止過。

胴人也有兩種，一種是天生下來就畸形；另一種是遭遇什麼事故才變成胴人的。

熱衷於怪物的路易十四，只對天生就畸形的怪人感興趣。此外，據說因革命而殘缺的胴人裡有不少的偉人。

聖職者巴爾塔薩兒·格里蒙（Balthazar Grimod）因革命而變成殘缺者後，將自己關在貝利爾（Brinvilliers）城堡裡，孤獨地生活著。城裡就像迷宮，收藏了許多以骸骨製作的魔術道具，且據說格里蒙爲了避人耳目，每天在靈柩裡進食，這或許是爲了懲罰變成胴人的自己。

十世紀到十一世紀時，有許多用腳或用口夾筆繪畫的口足畫家。其中，艾美·拉賓只用一隻右腳在家裡的庭院裡散步，還會用腳指頭摘庭院裡的瑪格莉特花回家，並且細心地畫下花瓣，成爲當時的代表性畫家，實在令人驚訝。

但是，據說胴人開始爲一般人所知，是始於十四世紀左右的事。

他們不再只是世人眼裡的觀賞物，而是以藝術家的身分登場。

電影《畸形人》（*Freaks*，一九三二。由陶德·布朗寧〔Tod Browning〕執導）中，演出胴人的強尼·艾克（Johny Eck），擁有「活雕像」的別號。他雖然「沒有手也沒有腳」，但卻

註二：江戶川亂步，本名平井太郎（一八九四～一九六五），是開創日本「本格派」推理小說的作家。著有《陰獸》、《孤島之鬼》等多部作品。

註三：日本俗文化中，人們對於裝酒的酒甕的通稱。

江戶川亂步小說〈芋虫〉插畫，竹中英太郎畫，昭和四年刊行於《新青年》雜誌

發揮了他在薩克斯風和單簧管的才能，被稱爲胴人的名人。但是，同樣身爲胴人，不是每個胴人都能擁有一般的社交生活。其中也有完全沒有下半身，腹部卻長出兩隻手腕的人。

被稱爲「紐倫堡的驚異小人」的德國人馬西斯．布辛格的胴體上長著像嬰兒一般的手；比利時人阿爾巴內．貝夏爾，據說一生都生活在甕裡，最大的快樂是讓少女把尿灑在自己的臉上。

不可思議的事就如馬丁．蒙內斯丁艾爾所說的，「這種天生殘缺的胴人，進入二十世紀後，變得非常罕見。是因爲他們都被藏起來了？還是神對於製造畸形人一事已不再感到興趣？」

關於這一點，我也不清楚。

橡皮人和魔胃人也成為英雄

不知各位聽過橡皮人嗎？

皮膚能像小孩一樣伸縮自如，和貓一樣被抓起脖子提起來「卻一點也不會痛」，和橡皮一樣的男人。

一八七五年在德國歐格斯堡（Augsburg）有一位橡皮人彼得．史巴拿，可以輕易地將下眼臉的皮膚拉到上眼瞼。在巴黎的紅磨坊也有一位著名的橡皮男人吉．古德，直到最近（一九七〇年代）還以藝人的身分活躍，他是個重達八十五公斤，但卻能自己巨大的身體放在一個長寬各四十一公分、高五十六公分的小箱子裡，擁有「縮小」的特技。

巴黎的龐畢度中心前的廣場，最近還出現「把頭夾在兩腳中間，成爲O字型」的橡皮人，成爲極具人氣的街頭表演。

這些各種版本的橡皮男人，能像爬蟲類一樣自由地伸縮身體，可說是「竹節蟲人」。還有脊椎異常、即使肩膀完全不動，頭卻能三百六十度迴轉（令人想起電影《大法師》〔*The Exorcist*，一九七三〕裡的少女）的「水龍頭男人」。

也有可以一次喝下十五升水的傑克．法雷茲和格波羅這樣的「水槽男人」。

一九一〇年格波羅挑戰「飲水王」，兩個半小時內喝下了二百二十升的水，並成功吞下了活魚、山椒魚、青蛙和小蛇等動物。

喝完後，他開玩笑地說：「在我溫暖的肚子裡旅行的魚兒，比以前游的更有活力。就像約拿（Jonah）生活在鯨魚的肚子[註四]裡一樣，我也可以在肚子裡養魚。」

當然，效法格波羅，卻不幸喪失性命的藝人也

註四：出自《聖經．約拿書》，約拿違背耶和華的旨意出海，結果被水手們丟下海，被鯨魚吞入肚裡三天三夜，每天不斷禱告才被吐出來。經此教訓，約拿領悟到神對叛逆之人的寬恕及慈愛。

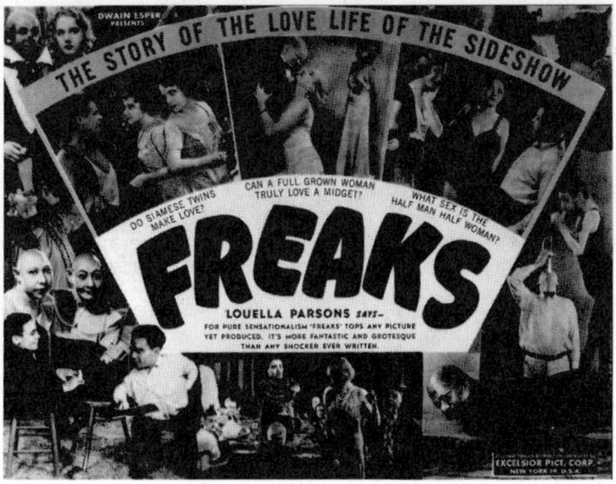

由陶德．布朗寧執導的電影《畸形人》海報劇照。上圖右下角盛裝仰視女演員者即是有「活雕像」之稱的強尼．艾克。在此部影片中，除了艾克，還出現了許多各種形象或殘疾的畸形者

不少。甚至在切開他們的肚子後，裡面居然跑出活生生的老鼠、青蛙。因此，「魔胃人」不是每個人都能夠當的。

小時候，我曾在小學的講堂「醫學實習表演大會」裡，播放從嘴裡吐出煙的「機關車男人」、吞下刮鬍刀刃和燈泡的「鐵胃怪男人」的影片給大家看。

我自己提出劇場裡的「身體論」註五，或許和這類小時候的記憶不無關係吧。在巴黎，後來似乎還有出現過類似的魔胃人。馬丁．蒙內斯丁艾爾介紹的各種新奇內容中，還出現過擁有「瓦斯爐」特技的男人。

他的名字是奧米克蘭，這個男人可以喝下二十到四十升的液態瓦斯，然後從嘴裡慢慢吐出瓦斯並一邊點火。接著在嘴上放上平底鍋，表演煎荷包蛋給大家看。

畸形和特殊技藝之間的界線其實很模糊，但他們卻從未讓人覺得「自己的不正常，是所謂父母惡劣的遺傳因子之懲罰」；反倒被認爲是人類之中值得驚訝的另類存在，甚至散發著一種特殊性的華麗。

我想或許從此處可以看到，不健全的畸形人類對殘缺論的反證線索，但究竟是什麼呢？

「小人製造法」的政治學

我原本就不相信有什麼標準人類的存在。同樣是四十五歲的男人，一米五的人和一米八的人身高就相差了三十公分。但是，兩者都不能說是畸形。因此，比一米八（以此爲標準的話）高三十公分的二米一身高的男人也不能說是「畸形」吧。大個頭男人、小個子男人、多毛症的人之所以被稱做「畸形」，其實只是統計上的數量比較「稀少」罷了。

「不論是那一種人都有可能存在」，所謂的標準的人類只不過是一種幻想罷了。

「擅自定義標準人類，然後把無法納入這個範圍的人都叫做『殘缺』，無異是一種差別對待。」

這是花園神社註六被當成觀賞物的藝人藤平曾說過的話。的確，畸形「並不是生下來就畸形」，而是社會大眾將之視爲「畸形」。

古羅馬爲了有效地分配糧食而製造出人工的侏儒，這和現代社會「被當成身體殘缺者而遭受差別待遇」之間，究竟有什麼不同呢？

當小人、胖子等稱呼被當成歧視語而消失，開始出現「身體殘障者」這種不是完整人類的稱呼時，他們已經感覺到，因爲自己的獨特性，而被當成一種異常的存在。

他們「被畫分成殘障者」。

古代中國有一句諺語「培育侏儒趁年幼之時」，雨果（Victor Hugo）曾寫過「活生生的鑄造人」（《笑面人》〔*L'Homme qui Rit*〕），一

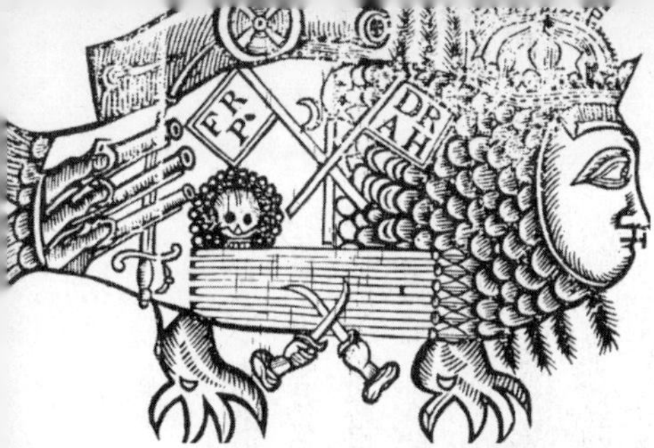

十五世紀末刊行後即影響歐洲民間生活數百年的《牧羊人大曆書》中的插圖（十六世紀版畫，法國）：人面、魚身、獸足的象徵性怪物，曲折地傳達了古代社會對於「變形人」的興趣與想像力

註五：寺山在「天井棧敷」成立之初，即著意地尋找「奇優」、「怪優」、侏儒、美少女等身體形象存在感強烈的演員加入，並編導如《大山胖女人的犯罪》等許多舞台作品，刻意地以醜聞、畸形等題材與內容挑戰世俗成見中的「正常」觀念，同時也是作為對於近代以來劇本為主導地位的新劇之反動實踐——「見世物」（奇人異事）的民間表演傳統的復權。

註六：位於東京新宿，德川家康時代的幕府據點之一，近世則逐漸發展為奇觀表演聚集的知名景點。

八六九），都是指「人工製造出來的畸形」。

在小孩還只有二歲到三歲時，就把他放入陶製的花瓶裡，讓他長成製造者自己喜歡的形狀，這種殘酷的「畸型製造法」，和現代社會中主張廢除「差別語」者等所看到的「身體殘障者製造法」註七，基本上的論點是相同的。

不只是納粹的身體改造醫學，古代社會的人們對於「變形人」十分地感興趣，還曾經試過「讓腹部兩側長尾巴」、在健康的狗頭上再接上另一個人的頭（不只存在於貝里耶艾夫註八的科幻小說世界）等等的實驗，有記錄顯示這些實驗確實被實行過。

卡洛拉斯．格利卡醫師曾介紹過一個例子。「達西亞（Dacia，今羅馬尼亞）人在小孩三歲到四歲時將其手腳折斷，把小孩弄成自己想要的樣子，當成珍奇的人種到處叫賣。」

十九世紀後半，在法國也確實出現過「量產畸形乞丐」事件（其中被製成侷人的，就超過四百人）。匈牙利的布達佩斯也出現過製造畸形的產業化的情形。塞內加爾和印度則因爲侷人的數量實在過多，原先設置來觀賞侷人秀用的蒐奇屋因而被廢除。

畸形本身的確擁有商業價值吧。但是，其價錢的高低卻又是由誰決定的？

倒不如說，將畸形差別化（而且秘密製造、操作的過程中），可以看出權力者原始的劣質政治欲望，但究竟眞相是什麼？

註七：主張廢除「差別語」者，擔憂的即是像「醜女」、「廢物」、「瘸子」、「胖子」、「瘦排骨」……等這類辭彙，不僅製造了許多語言與觀念上受排擠的「殘障者」或「無能者」，更將使得人們彼此間的歧視與偏見日益加深。

註八：貝里耶艾夫（Aleksandr Beljaev，一八八四～一九四二），科幻小說家（前蘇聯），代表作有《兩棲人》、《杜威爾教授的頭顱》等。

奧茲魔法師的剪貼簿

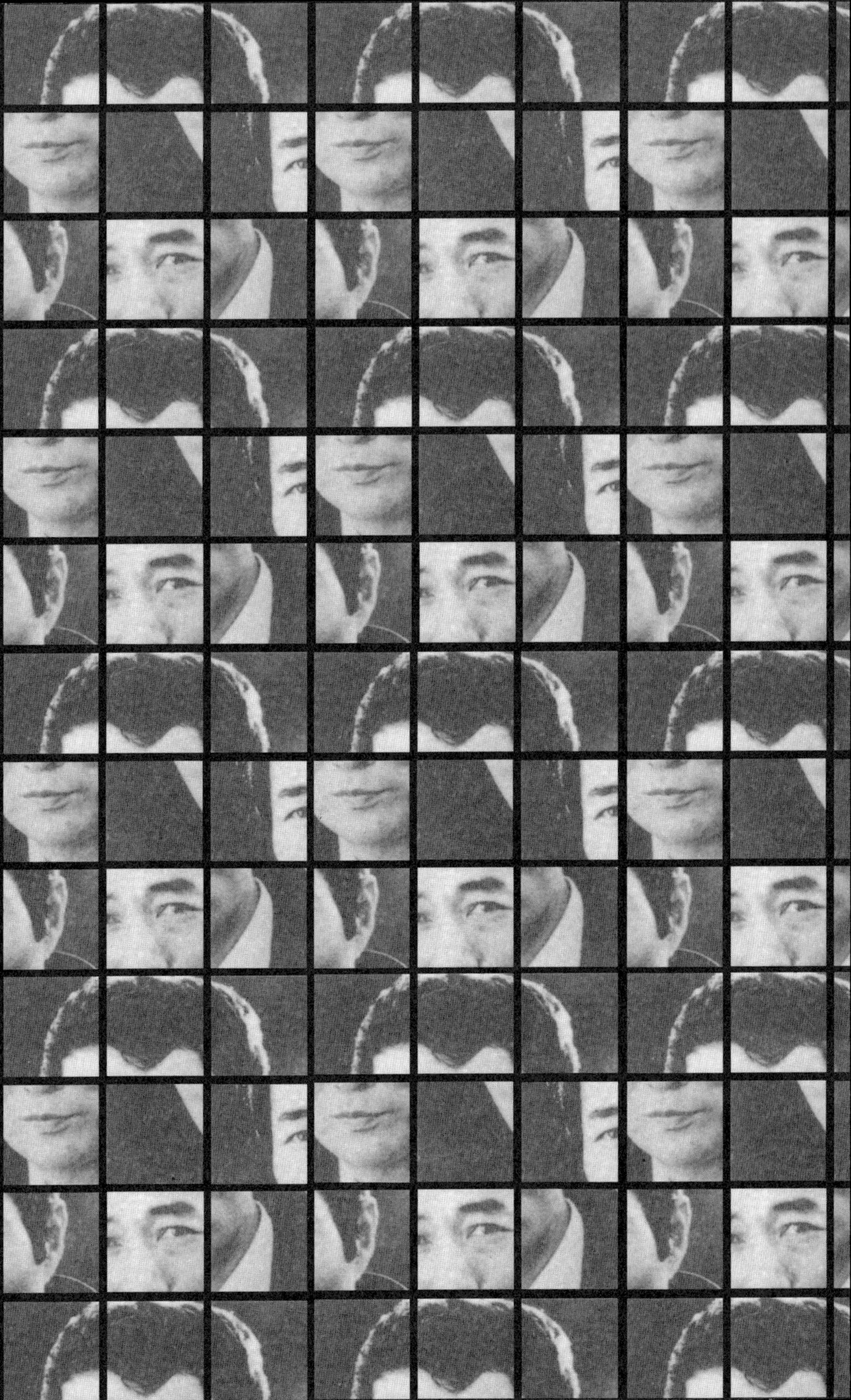

奧茲魔法師的剪貼簿

一九七五年一月五日在百老匯（Broadway）首次演出的音樂劇《新綠野仙蹤》（*The Wiz*），是以《奧茲魔法師》原作改編的。

但是，故事內容和之前由茱蒂・葛倫（Judy Garland）主演，MGM（Metro-Goldwyn-Maye美國米高梅電影製片公司）製片的電影《奧茲魔法師》（一九三九）相距甚遠。

我認為這個故事之所以能夠擄獲美國人的心長達八十年，一定有什麼原因。

但是，這個故事並沒有讓人有很深刻的啓發。

不過，對於愛幻想且多愁善感的美國人來說，我認為比起路易斯・卡洛爾（Lewis Carroll）的《愛麗絲夢遊仙境》（*Alice in Wonderland*），萊曼・法蘭克・包姆（Lyman Frank Baum）的桃樂絲（Dorothy Gale）[註一]更是完全符合美國人的形象。

但是《奧茲魔法師》讓人感覺有點草草收場的味道。

其內容究竟如何？現在就來看一看。

從百老匯《新綠野仙蹤》成功的演出談起

在百老匯看完由黑人主演的音樂劇《新綠野仙蹤》後，回家路上經過一家書店，在裡面發現了一本《奧茲魔法師的剪貼簿》（*The Oz Scrapbook*，一九七七），於是將它買下。

《奧茲魔法師》是《新綠野仙蹤》的原作。

依據這本《奧茲魔法師的剪貼簿》，奧茲是美國最有名的幻想故事，自從一九〇〇年法蘭克・包姆寫了第一本《奧茲魔法師》以來，總共有三十九本的「續篇」問世（其中的前十三集是包姆自己寫的，其餘的二十六集，則是出版社在包姆死後，聘請其他的「代筆者」接下去的創作）。

現在就讓我們來回想第一集的故事。

一位名叫桃樂絲的堪薩斯少女被龍捲風捲走，來到曼支金國。桃樂絲想回到家鄉農村的亨利伯父和愛姆伯母身邊，但卻不知道如何回去。

此時，北方的魔女告訴她。

「到翡翠城找大魔法師奧茲，他一定能夠幫助妳回家去。」

桃樂絲於是展開了尋找奧茲魔法師之旅。

和她一起步上尋找魔法師之旅的，是不可思議的幾個配角。首先，她在路上遇到沒有腦的稻草人卡卡西（Kakashi/Scarecrow）。卡卡西的腦袋因爲被塞滿了稻草，因此極端地害怕點著火的火柴棒。

他永遠忘不了烏鴉伯伯曾對他說過的話。

「你的腦裡如果裝上人類的腦，一定可以變成

註一：包姆是幻想故事《奧茲魔法師》的原作者。桃樂絲為書中女主角。

（上）在一九三九年的電影《奧茲魔法師》（台譯為《綠野仙蹤》）中飾演小女孩桃樂絲的茱蒂·葛倫，以及小狗托托

（中一）《奧茲魔法師》作者包姆

（中二）包姆的奧茲魔法師系列*The Wonderful Wizard of Oz*封面，一九〇〇

（下）《奧茲魔法師》初版扉頁

一個普通的人。」

第二位和桃樂絲一同上路的同伴是錫人奇可立（Hickory/The Tin Man）。錫人奇可立是個普通人，和母親兩人一起生活。

有一天他和曼支金國的女孩相戀，兩人打算要結婚之時，不想放女孩自由的姑姑用魔法將他全身變成了錫。

錫人奇可立的不幸即是，在他全身被變成錫的時候，也失去了他的「心」。他爲了找回自己的心而展開旅程。此外，還有一隻身爲「百獸之王」卻十分膽小的獅子。再加上一隻叫做托托（Toto）的狗。

這一群人展開了尋找「翡翠城」之旅，這裡讓人不禁想起路易斯．卡洛爾的英國幻想故事（fairy tale）《愛麗絲夢遊仙境》。但是，《奧茲魔法師的剪貼簿》作者大衛．L．格林（David L. Greene）和迪克．馬丁（Dick Martin）強烈主張，最早在美國出現的幻想故事——也就是包姆的《奧茲魔法師》——在根本處和《愛麗絲夢遊仙境》完全不同。

這或許和奧茲被創作的年代不無關係。（因爲桃樂絲被龍捲風吹走，來到不可思議之國時，美國正處於南北戰爭剛結束時期，並且是一個開始朝工業生產國目標邁進的鄉村國家。）

奧茲是工業生產國美國最基層的童話

我用和少年時代閱讀時的不同角度重新去閱讀《奧茲魔法師》。結果發現了許多至今爲止都沒有注意到的事。

例如，「翡翠城」。

在這裡所有東西都是綠色，而且這裡的每一個居民都被戴上了「綠色的眼鏡」。換句話說，奧茲之國（美國）其實存在著各種不同的樣貌，但因爲每個人都戴上了綠色的眼鏡，所以這裡才會成爲翡翠之城（也就是象徵著所謂的農業國家），這樣的解讀應該是可以成立的。

事實上，生活在奧茲王國的卡卡西、會說話的烏鴉、在天空中飛的水桶、繞著薔薇的錫男、像黑糖一樣被燒焦的魔女等，都明白地表現出被施了魔法的美國農場。而且，這本書出版當時，美國占了世界工業生產產能的百分之三十一，成爲領先其他國家的首要工業生產國。

每個人被樂觀主義衍生出來的、虛幻的社會改革之夢所俘虜，這也如實地表現在奧茲的故事裡。只要具備發明的頭腦（卡卡西）、信任（錫人奇可立）和勇氣（獅子）三樣條件，就會步上康莊的成功之路，這實在不得不讓人聯想到美國的社會精神。

故事裡出現奧茲的所屬國蒙那奇（Monarki），和中世紀歐洲的妖精故事、現代的幻想童話有著明顯的差異。在奧茲魔法國，魔法奠基於科學技術和科學考察之上，包姆最後一部的奧茲系列作品（*Glinds of Oz*，一九二〇）裡，奧茲國裡

（上）象徵奧茲國的中心城市「翡翠城」。一九三九年電影《綠野仙蹤》劇照
（中、下）丹斯羅為《奧茲魔法師》繪製的內頁插圖

最偉大的魔法，正擔負著讓齒輪和巨大車輪機械運轉的任務。

包姆雖然知道，在這樣的童話故事裡出現飛機和腳踏車是不協調的，但是他卻以詩般巧妙的隱喻融入故事中。

奧茲魔法師竟然是出生於歐馬哈（Omaha）註二的腹語術師，在乘坐氣球時被風吹到奧茲魔法國來。在奧茲魔法國「建造都市」，並成爲政治首長的奧茲魔法師，其實是腹語術師的故事設定，或許隱含著包姆式的最大諷刺。

美國科普作家馬丁．加德納（Martin Gardner）寫到：

「奧茲助長了第一次世界大戰後，許多知識分子放棄田園價值的風潮。」

所以奧茲才以優良的國民文學持續受到歡迎長達八十年之久。之後，幾位作者也寫了許多含有田園式鄉愁的童話，但卻沒有像奧茲魔法師這麼成功。

美國的天文學者們在嘗試和宇宙的其他高級生物展開連繫時，其中之一的計畫取名爲「歐馬哈計畫」（Project Omaha），如此一來，更使得奧茲成爲貫穿美國現代精神的象徵。

奧茲原來是收納箱的標籤

《奧茲魔法師的剪貼簿》是一本關於奧茲的百科事典。不但有豐富的地圖，還蒐羅了關於奧茲的所有資訊。

例如，「奧茲」這個名字的由來？

依包姆自己的說法，這是從收納箱（Filing cabinet）的抽屜標籤「O～Z」來的。此外，那些令人愉悅的角色和插畫又是誰的作品呢？

出自一位叫做威廉．瓦勒斯．丹斯羅（William Wallace Denslow）的畫家之手。就像路易斯的《愛麗絲夢遊仙境》系列少不了約翰．譚尼爾（John Tenniel）的插畫，奧茲系列也少不了丹斯羅的插畫。雖然有幾位畫家曾經挑戰丹斯羅的畫，也創造出許多不一樣的角色，但大家依然獨鐘於丹斯羅的插畫。

另外，奧茲系列從第一本《奧茲魔法師》到第十四本爲包姆所創作，由露絲．湯普森（Ruth Plumly Thompson）創作的有十九本，約翰．尼爾（John R. Neill）創作的有三本，傑克．史農（Jack Snow）創作的有二本，芮凱．康格羅伯創作的有一本，由艾羅斯．馬克葛羅和羅蘭．瓦格納共同創作的有一本，總共多達四十本。在美國有「奧茲國際魔法」（International wizard of Oz club）的書迷俱樂部，並且出版《包姆號角》（*The Baum Bugle*）季刊雜誌。值得一提的是，在這四十本的系列作品裡，有一本少女桃樂絲完全沒有現身，不知道是否有人記得是那一本？

註二：位於美國內布拉斯加州。

（上）包姆的奧茲系列初版書背
（中）包姆的作品*Glinga of Oz*書影
（下）約翰．尼爾的奧茲插畫集書影

答案是第二集的《奧茲不可思議的地方》（*The Marvelous Land of Oz*，日譯《奧茲彩虹國》）。爲了獻給飾演卡卡西和奇可立的佛瑞德．史東（Fred Stone）和大衛．蒙哥馬利（David Montgomery），這本書中以卡卡西、長頸鹿和奧茲的基里金（Gillikin）國的少年奇普（Chip）爲主角，獅子和桃樂絲都沒有出現。

但是，讀者卻不允許這樣的事。基於忠實的少女讀者熱情要求，桃樂絲從第三集的《奧茲的歐茲瑪》（*Ozma of Oz*，日譯《奧茲的歐茲瑪少女》）開始，一次也不曾消失過。

在美國的玩具店裡，現今依然充斥著以桃樂絲和奇可立，還有膽小的獅子等等爲主題的紙牌、墊子、圍巾、花生醬罐子等等。這些奧茲的新奇商品第一次出現，是在一九〇三年四月十五日的夜晚，也就是音樂喜劇《奧茲的魔法師》第一百次公演紀念的夜晚。它們被設計爲贈送女性觀眾的黃銅珠寶箱，蓋子上附著一隻可愛的膽小獅子。十一月，二百次公演紀念的夜晚，贈送的是畫著卡卡西和錫人奇可立的紙板人偶，主要對象是小朋友。也有畫在紙牌上的遊戲，牌上畫的都是故事裡出現的人物，幾乎都是爲了宣傳而製造的。

一九〇四年，麻薩諸塞州的玩具製造商巴卡兄弟首次製造了「奧茲遊戲」。（例如有奧茲的解謎遊戲，「亞當喜歡的暢銷歌曲是什麼？」答案是〈There's only one girl in the world for me〉等等的謎題）

一九一〇年間到四〇年代爲止，有幾家公司陸續製作了奧茲國的遊戲、拼圖、人偶、立體繪本、塗色繪本等商品。直到最近，這些商品的專利據說還是MGM所有。

包姆的後繼執筆者露絲・湯普森所創作的奧茲系列書影

存在於彩虹另一端的，是改造人類的惡魔工學

提到《奧茲魔法師》，立刻讓人聯想起名曲〈Over the rainbow〉。

這是MGM電影《奧茲魔法師》在一九三九年演出時，由茱蒂・葛倫所主唱的成名曲，我到現在依然感覺記憶猶新。

電影本來預定由秀蘭・鄧波兒（Shirley Temple）來飾演桃樂絲，但因爲時間無法配合，而決定採用新人茱蒂・葛倫，沒想到因此而誕生了一位新的明星。

錫人奇可立原本預定由巴帝・伊普生（Buddy Epsen）擔任演出，但因爲巴帝不喜歡金屬帽造型而改由傑克・哈雷（Jack Harley）

來演出。即使如此，一九三九年八月十五日在好萊塢的葛拉曼中國戲院（Graumans Chinese Theater）第一次上演的《奧茲魔法師》依然極爲成功。

這部帶點鄉愁，小巧又精緻的電影雖然並不全然能讓觀眾感到滿意，但卻依然是部幻想電影的傑作。

對現在很多人來說，即使不記得《奧茲魔法師》是包姆的幻想童話，但一定仍清晰地記得茱蒂．葛倫、雷．波格（Ray Bolger）、波特．拉荷（Bert Lahr）等人的名字。

但是，《奧茲魔法師》首次改編成舞台劇、搬上銀幕卻比茱蒂主演的電影還要早上三十八年。《奧茲魔法師》最早的音樂劇是在芝加哥的大歌劇院（Grand Opera House）上演的，但內容卻和原作《奧茲魔法師》相距甚遠。

在此劇中，桃樂絲不是一位少女，而被改寫成爲一位戀愛中的年輕女人，小狗托托也因爲缺乏趣味性而改成名爲母牛伊摩傑（Emojen）。故事發展更大異奇趣——由馬基維利（Machiavelli）註三的子孫出場和魔法師對決。雖然如此，芝加哥的舞台劇卻十分成功，因此之後才移師到紐約的莊嚴劇院（Majestic Theater）演出，在百老匯演出後成爲一大暢銷名劇。

一九一〇年時，沙林格．波利斯可布公司曾將包姆的原作搬上銀幕，一部包含四本系列的無聲電影。

《奧茲魔法師》（從第一部作品取用其中一個段落）、《奧茲的桃樂絲和稻草人》（*Dorothy and the Scarecrow in Oz*）、《奧茲之國》（*The Land of Oz*）等三部作品，因爲太古老了，現在幾乎不爲人知。包姆後來十分著迷於舞台劇，一九一三年開始自行爲奧茲製作電影版。好萊塢爲電影配上聲音時，成立了「奧茲電影公司」（Oz film manufacturing）。

接著，多部奧茲系列作品被搬上螢幕，一九一四年七月的《奧茲的拼布女孩》（*The Patchwork Girl of Oz*）配合電影特效，成爲大家矚目的焦點。其中，奧茲國的一位女孩四肢散落各處，藉魔法才組合起來的場景，成爲代表性的一幕，表現出以先進的人工技術爲優先的奧茲國思想。（現在回想起來，在現代整形美容到人工內臟移植醫學等各領域間，充斥的美式人類改造思想，或許在奧茲國裡已經可以看到。）

奧茲魔法師眞是太恐怖了。

我不是個和卡卡西一樣腦裡裝滿稻草的「無腦人」，眞是太好了。

想到此處，還是闔上這本書吧。

《奧茲魔法師》音樂劇演出劇照

註三：尼可洛・馬基維利（一四六九～一五二七），是文藝復興時期義大利佛羅倫斯的官員、政治理論家，著有《君王論》等。在通俗文化的想像中，馬基維利之名卻常成為「以操縱取樂」與權謀的象徵——在此似仍沿用此一寓意。

黑人的真實畫報

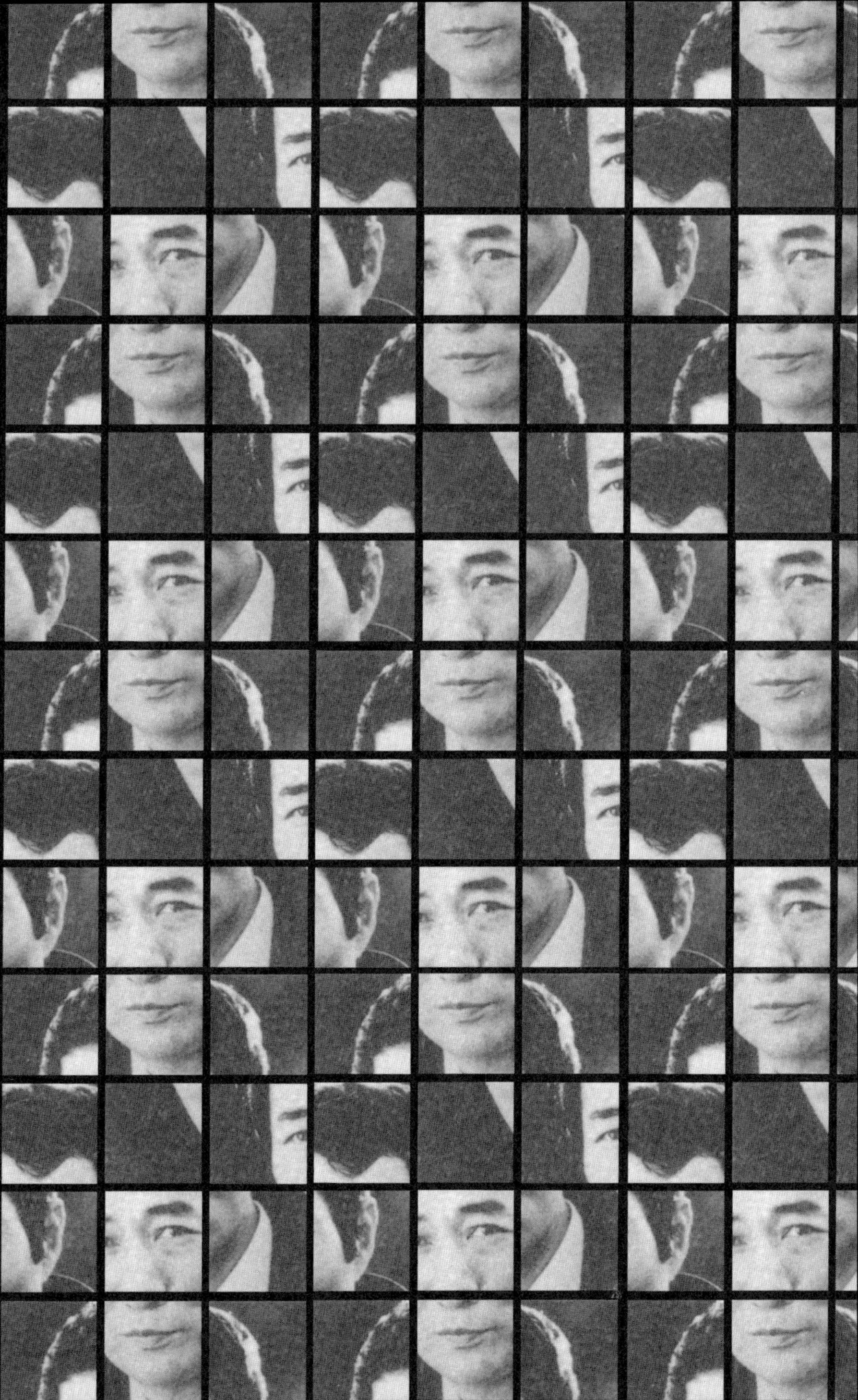

黑人的真實畫報

孩提時代，我很喜歡藍斯頓．休斯（Langston Hughes）註一的詩。

像是「墓場是最便宜的夜宿之地」，或是歌頌著「啊啊，真希望房間費用能由天國來支付」的藍調曲子，這些詩句實在是令人心有戚戚。

那時，我是一個沒有父母，因貧困而接受「生活保護」的孩子。

但是，我的詩終於能夠出版，並且獲得足夠維持自己生活的收入，讓我開始漸漸和黑人漸行漸遠。

不論是詹姆斯．包德溫（James Arthur Baldwin）、休斯，還是理查．萊特（Richard Wright）註二，想起來都讓人十分感傷。

但是，在爵士樂和拳擊領域，黑人無疑地佔有優越的地位。

黑人們，在我遺忘了他們的時候，依然持續奮戰著。

您知道在德比（Derby）賽馬註三中獲得三勝的黑人賽馬騎手嗎？

米德頓．哈里斯（Middleton Harris）的《黑書》（*The Black Book*，一九七四）是一本收錄著黑人相關知識的剪貼簿。以前曾是詩人的羅倫斯．法林格迪（Lawrence Ferlinghetti）和艾倫．金斯堡（Allen Ginsberg）等人在舊金山開了一間「城市之光」（City Lights）書店，我在書店裡站著隨意翻閱著這本書，但卻發現裡面有不少讓人驚訝的文章。

例如，在肯塔基大賽馬註四中獲勝的黑人騎手們的肖像。

一般人或許不知道，但艾札克．莫菲（Isaac Murphy）曾三次（一八八四、一八九〇、一八九一）獲得優勝。

首次獲勝的是騎乘亞里斯泰爾（Alistair）的奧利維·路易斯（Oliver Luis，一八七五年），之後獲勝的有比利·渥克（Billy Walker）、波普·哈德（Bob Hard）、恩諾克·漢德森（Enoch Henderson）等等，到一九〇二年爲止，共有十四個黑人騎手獲勝。這對持續觀賞賽馬的我來說，竟然覺得自己有點孤陋寡聞。

從「褐色炸彈」喬·路易斯（Joe Louis）

註一：藍斯頓·休斯，一九二〇年代的非裔美人「哈林文藝復興運動」(Harlem Renaissance)中，最重要的作家及思想家之一，在作品間提倡平等、詛咒種族歧視及不公，並讚美非裔美人的文化、幽默感及靈性。

註二：詹姆斯·包德溫（一九二四～八七）、理查·萊特（一九〇八～六〇），皆為美籍黑人作家。

註三：一七八〇年，英國馬會董事長德比伯爵以自己名義舉辦的一場賽馬錦標賽成為有獎（彩票）賽馬活動的先河，此後在歐美各國廣泛流行，Derby一字也成為賽馬的通稱。又一說是英國的德比郡（位於倫敦西北）盛產優良的純種馬，幾乎包辦各國所有賽事。

註四：肯塔基大賽馬（Kentucky Derby）是美國年度三大馬賽之一，每年五月一日在路易斯維（Louisville）舉行。

（上）稱霸世界重量級拳壇達十二年之久，具有「黑人救世主」地位的「褐色炸彈」喬·路易斯（一九一四～八一）
（下）圖右蹲者：黑人投手薩裘·派吉

到「擂台王克雷」的穆罕默德．阿里（Muhammad Ali，阿里改名之前的本名叫凱西爾斯．馬塞洛．克雷〔Cassius Marcellus Clay〕），黑人拳擊手裡聚集了許多怪物，還有「世界最快的競輪選手」是黑人馬歇爾．M．泰勒（Marshall Maijer Tyler，一八七八～一九三二），這也是我第一次聽說這個名字。

泰勒在一八九八年到一九〇〇年間，成爲全美短距離競賽冠軍。後來，並挑戰正式的全歐洲、澳洲各地的世界騎手（best rider）競賽。比賽當中，雖然曾經驚險地幾乎遭到其他選手撞倒，甚至差點遭受襲擊而失去性命，但他依然以領先的速度，並運用敏銳的直覺反應化險爲夷，不斷獲得勝利，終其一生，從來沒有在比賽中發生過意外事故。

泰勒在一九二八年隱退後，出版了自傳《世界最快的競輪選手》（這本書在一九七二年曾經再版，或許有人讀過）。

在《黑書》中收錄黑人運動選手群像的章節裡，刊登了當時克里夫蘭印地安人隊（Cleveland Indians）的黑人投手薩袞．派吉（Satchel Paige）註五的相片，並且登載了瓦瑟（Waser）的詩句。

晴朗的早晨，我登上山峰
張開手抓下滿滿的星星
踏著又長又瘦的腳步
三支炙熱的全壘打
把天國都擊碎了
之後，抬起頭看著太陽
對著太陽說
有什麼問題！

我不自覺地點頭贊同。

然後，毫不猶豫地買了這本《黑書》。

拍賣母親，附送一個獨眼的孩子

在學校課本裡學到，發現新大陸最重要的一個人，就是哥倫布，其實他也和其他的「強權掠奪者」一樣，是個爲了搶奪黃金、象牙、香辛料等而出航的海盜之一。

當時的船長們每一次返回港口，就有義務要到海軍事務所報告航海經過，供船長們自行打探收集相關的情報，並就各自的目的製作成教戰備忘錄。

因此，爲了把對手比下去，他們也不得不學習更高的教養和相關知識。

「新大陸住著全黑的人。」

哥倫布在第三次返航時如是報告。「他們擁有一種用格尼安（guinea）金屬製成的長槍矛。」

「格尼安」原本是非洲土著們對黃金塊的稱呼，卻被從幾內亞灣（Guinea）盜走，傳到歐洲。歐洲人不得不感到驚訝，原來新大陸也有格尼安。

和西班牙的探險家巴爾波亞（Vasco Nunez de Balboa）同行的歷史家彼德・馬泰（Peter Martyr）曾寫到：

「一五一三年，巴爾波亞在巴拿馬發現黑人。這是比在印度見過的黑人還要原始的黑人。」

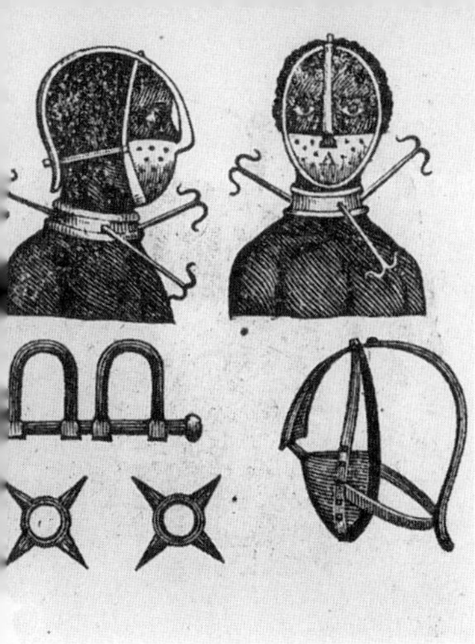

十八世紀後半，防止黑人奴隸逃跑的各式刑具

註五：第一位入選名人堂的黑人聯盟球員。

侵略者們思考著要如何利用這些黑人。他們被當成「兩隻腳的家畜」。

「他們把我們當成獸類一般買賣，數牙齒，摸睪丸，觀賞玩味肌膚的色澤。」（Sezai）註六

然後，黑人就像牛馬一樣被販賣。

理查·克萊格的奴隸市場

一八三三年三月五日星期二，下午一點，這次介紹的奴隸將會在南卡羅萊納和查爾斯頓的波特市場中販售。

買賣條件，先付一半訂金。依契約支付全額後，就擁有奴隸所有權。

以黑人來當做質押品，甚至可以分一年或二年付款。

稀有的黑人女性一名，會做各種家事。廚藝好，洗衣服、熨衣服都很拿手。帶著十三歲和七歲的女孩、五歲的男孩、還有一名十一個月的嬰兒，共四個孩子。

可依買主所需，母親附帶兩個孩子一起賣。另外的兩個孩子則分開販賣。

特價　鍛鑄工匠和他的妻子、女兒黑人一家。工匠還處於年輕力盛的工作狀態。妻子二十七歲。女兒十二歲、十歲。但是十二歲的女兒只有一隻眼睛。

像這樣被販賣的奴隸，一天的總出售金額可達五萬美金，一個人的平均價格是九六〇美金（相當於現在的二十二萬日幣）。

當時規模最大的奴隸市場之一，據說是在奧特格威爾村長達四天的「公設競賣」。總共交易了一百七十位奴隸，金額達十六萬美金，令人驚訝的是奴隸中竟然混雜了老人、畸形者和聾啞人

士。

一七六四年，喬治・華盛頓買了兩位奴隸，一位名爲賈克的男奴與一位名爲克蕾兒的女奴。

在此之前，一七五八年華盛頓也曾買過一位男人格雷勾利、漢娜和她的孩子威爾、還有一位只有一隻手的男子查爾斯。一七六六年，華盛頓甚至下令指名追拿逃亡的奴隸湯姆。一八三五年（十一月十四日）的《亞歷山大邸報》（*Alexandra Gazette*）曾刊登以下的內容，一群黑人被問到：「現在從事什麼工作？」他們回答：「我們正在替主人喬治・華盛頓挖掘墓穴。」

一八五三年，作家威廉・古德爾（William Goodell）曾寫到，湯瑪斯・傑佛遜（Thomas Jefferson）註七的「女兒」曾被當做奴隸販賣。

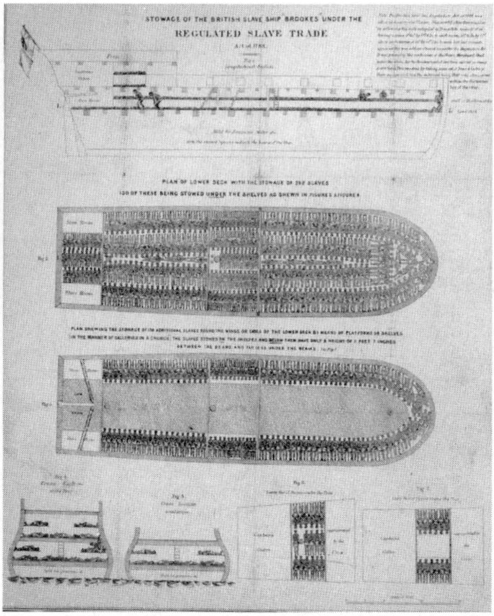

十八世紀末，自非洲運送奴隸們的英國貨船「布魯克斯號」(Brookes)的剖面圖。奴隸們被塞在船艙中的狹小空間內，被當成貨物一般。雖然當時不少有識之士起而抗議與此現象有關的不平等制度與法令，但連傑佛遜都認為這可能是他有生之年都無法解決的問題

註六：此段應是一名為Sezai的奴隸之自述。

傑佛遜解放了很多的少女奴隸，但曾幾何時這些少女都成爲自己的女兒。

他常常在自己解放的黑人女人的房間裡待到天亮才回家。

這件事可以從替傑佛遜看管了二十年的蒙特薩爾（Monticello）私有土地管理人艾德蒙特・培根（Edmund Bacon）的口中獲得證實。

詛咒白人主人的黑人巫毒教咒術

黑人詩人羅伯特・海登（Robert Hayden）曾寫道：

> 我的愛人們之中，有人能夠讀月亮。
> 依月亮的盈虧選擇播種和剪頭髮的日子。依照月亮的變化來穿耳洞，戴上金色的圓環（上弦月）耳飾。

事實上，不被當成人類看待的黑人們，會向神尋求救贖，仰賴占卜和詛咒也是理所當然的吧。

> 出了非洲來到喬治亞
> 一路不停地唱著悲傷的歌曲

黑人在施行魔咒時，時常會使用巫毒人偶。

這不只是單純的人偶，而是一種犧牲的媒介。也就是將自己的病痛和苦悶都轉移到人偶的身上，讓自己能從痛苦中解脫。

巫毒人偶最大的功效，顯現在「想對別人施咒」的巫毒信仰者身上。

使用巫毒人偶（象徵詛咒對象）時，需要對方身上的東西，像是正在使用的物品、毛髮、指甲等的一部分。首先，將毛髮、皮膚、指甲等磨成粉狀裝在稻草或綿布裡。然後用對方的上衣或是襪子等包在外面，做成人偶的形狀。

人偶做好後，必需殺死一隻動物，取一滴新鮮的血滴入。（黑人認爲血象徵著生命）如果想要詛咒的人是女性，取得她月經時的經血會更有效果。

詛咒的方法和我國的稻草人偶很像，在頸子的地方綁上黑色綿線，據說會更有效果。被詛咒的人就像頸子被人扼住一般無法呼吸，痛苦地喘不過氣來。

黑人遭受虐待，被迫接受烙印記號——不僅尊嚴與自由全然無法由自己掌握，生命更時時遭到威脅

或是，用針刺滿人偶的全身，再掛上黑木十字架，用黑色的蠟燭燻燒，放入比例縮小的黑色棺木裡，再用黑色的木棉花圈裝飾人偶，並把它放在對方的門前，宛如召喚惡魔降臨一般。二百年以來，這種在新紐奧良註八盛行的咒術，說明了黑人奴隸對白人的怨恨之情。

巫毒魔偶的話題就此打住。但是，去思考爲什麼黑人需要使用巫毒魔偶是件深具意義的事。

知道時節痛苦的，莫過於思鄉的藍調

我有時會去思考黑人作家勞夫・艾利森（Ralph Ellison）的《隱形人》（*Invisible Man*）和理查・萊特的《失樂的孤獨》。

註七：美國獨立宣言的主要起草人、美國第三任總統。

註八：位於美國南方路易斯安那州，此州也是當年黑人從非洲踏上美洲土地成為奴隸的地方。

艾利森總是以日落後就在黑夜裡變成隱形的黑人宿命為主題。

還有，當萊特筆下的主角看到電車下躺著的黑人屍體，就不得不再次被迫面對自己身為黑人的宿命——雖然主角後來從貧困的家庭和嚴苛殘酷的勞動中獲得「自由」，但卻依然無法從黑人身分的烙印下獲得自由而苦惱。他們之間所共有的，即是「自己是黑人」的烙印。

但是，另一方面也有像諾曼．梅勒（Norman Mailer）這樣的白人作家。他認為黑人的肉體凌駕白人之上，並且認為現代所有的白人都抱持著「自己的妻子有可能和黑人上床」的恐懼。

梅勒認為因為「黑人在床上的能力較優越，所以在教室裡不能讓黑人站在對等的地位」，白人才會歧視黑人。梅勒的思考讓人感受到白人對黑人的畏懼。事實上，在所有的領域裡，黑人的表現都是很傑出的。以前曾被當成奴隸的他們，總有一天會當上美國總統吧。

雖說如此，這不只是「膚色」的問題。「在現代的巨大社會結構中，每個人只不過是一個『零』的符號，渺小到幾乎看不見」（梅勒），「膚色」即使是其中的一個條件，但卻不是全部黑人的問題。倒不如說，應該超越「膚色」，迎向一個作為一般現代人的苦惱，試著去站在一個邊緣者的角度來看，才是現代社會的實際情況。包德溫曾寫到「我是奴隸的兒子，當我們在歐洲時，黑人也是自由人類的子孫這件事實，幾乎不具任何意義。我們感到非常痛心，竟然要自己一一去追究這些本來就存在的事實。」

此時，一翻開米德頓．哈利斯的《黑書》，令人感到一股不可言喻的懷念。黑人的音樂、電影中的黑人演員、黑人的民藝與咒術，還有運動和爵士。

所有的一切是否只是美好時代下的惡夢？在說完所有關於黑人的事情後，哈里斯以下面的詩句結尾。

小喇叭響起吧
這樣的地方
在我們心裡
已不會再待多久了

（藍斯頓·休斯）

在非洲，歐洲人和一些阿拉伯人合作販賣奴隸的生意，一面驅趕他們，並施加以鞭笞、枷制等虐待

關於娼妓的黑暗畫報

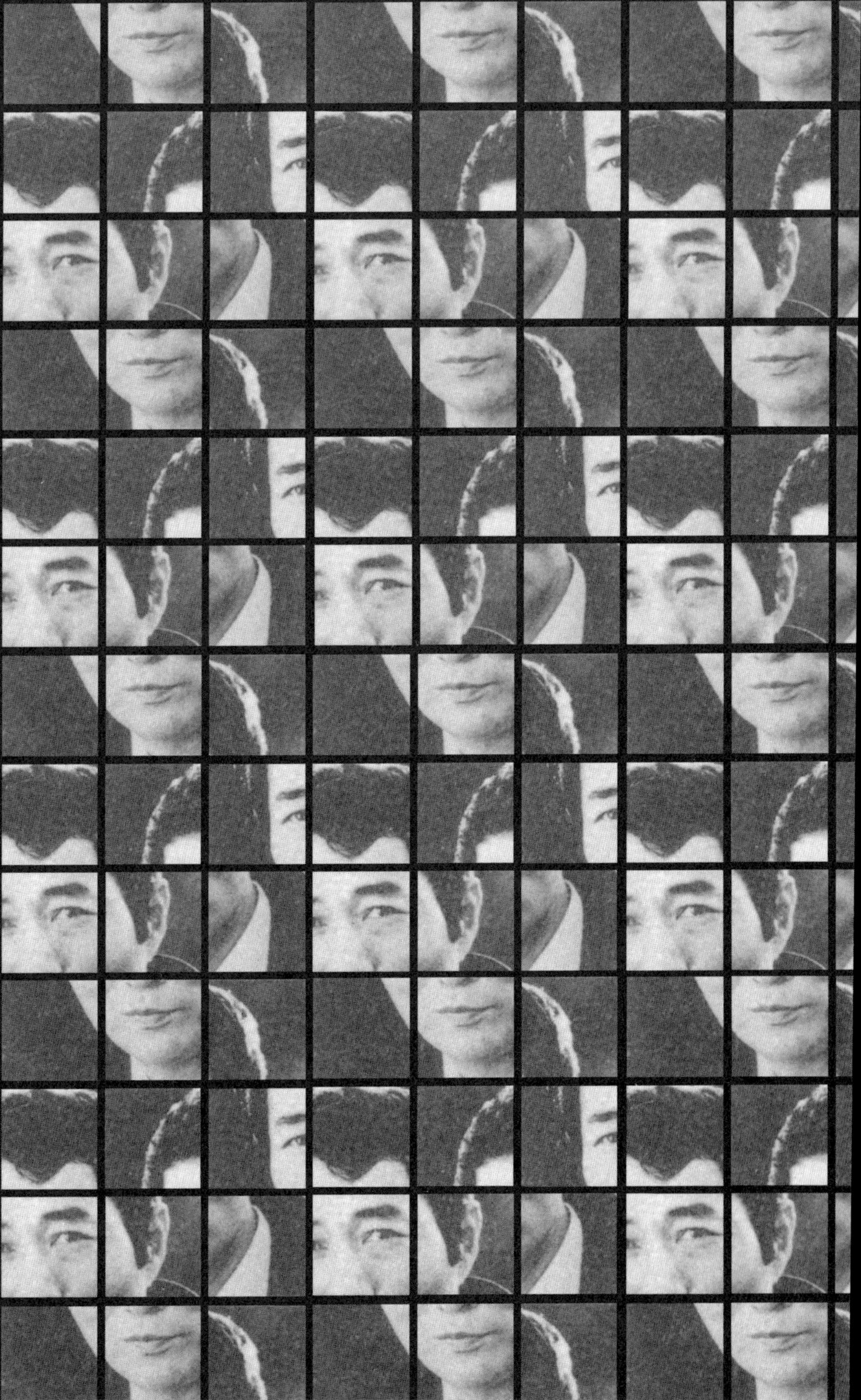

關於娼妓的黑暗畫報

娼妓註定是要裝扮美麗地站在門前。

如果無法將自己是出色的「商品」一事清楚地突顯出來，就不能稱得上是一個高級娼妓。

英國的娼妓中，較廉價的通常在街頭拉客。

在印度，娼妓則是站在自家門前等待客人上門。

在法國，有些地方甚至稱她們為「女演員」或「母貓」。

古人認為娼妓之所以對男人投懷送抱，是為了尋求愛、刺激、金錢、快樂，或是基於好奇心、同情、習慣、友情（或者是愛情的影子）而來；擁有道德則是為了將與他人之間的愛一刀兩斷……

瓦沙耶納（Vatsyayana）說過，只要有經濟的困難、想從不幸中逃離和追尋愛三個理由，每個人都有機會成為娼妓。（《愛經》〔*Kama Sutra*〕註一）

藏在床底下的黑人少年

少年時代開始，我就對娼妓懷抱一種類似仰慕的情結。

在軍隊駐紮的基地營區入口處經營小酒吧的母親，以及在母親店裡工作的女人們的濃艷口紅、華麗盛裝的裙子，和附近農家的女人完全不同，讓我明顯地感受到「女人」的存在。

母親晚上幾乎很少回家，但早上回來時一定會替我帶回我最喜歡的可口可樂和熱狗（當時只有美軍才有這些東西）。

看天上的星星來占卜歸宿
今晚的我將夜宿何處

母親一喝醉就唱著這首歌，我很喜歡聽。爲什麼呢？因爲母親只要一哭就變得很美，或許「母親的臉很適合哭泣」吧，只要一唱這首歌她一定會哭。

關於娼婦的書雖然多不勝數，但由紐約全球出版公司（globe press）發行的《娼妓》一書，可說是精彩又具有分量。

此書不僅圖片豐富之外，還收錄了娼婦的自傳、散文，還有一些以娼婦爲主題的小說，內容都讓人十分感動。

例如尼爾遜・艾格農的*Mama and Mammy-freak*中有如下的描寫。

註一：《愛經》是印度的古老作品，作者為瓦沙耶納。Kama為印度的愛神，Sutra為經典。此書是一本關於性的享受和肉體的歡愉的書，可看到古老印度人對於性方面的習俗和習慣。

（上）法國畫家羅特列克（Toulouse Lautrec）畫作「妓院內景色」，一八九四
（下）羅普斯畫作「拉皮條女人和少女娼妓」，十九世紀銅版畫

接待廳裡，看起來像是妓院主人的渥連·卡梅里耶有著深褐色的肌膚，坐在有扶手的大椅上，宛如地獄裡的夜壺。打個比喻來說，因爲地獄一片漆黑，所以在黑暗中必須將牛奶倒入夜壺裡，才會知道夜壺的所在。卡梅里耶就像是安格斯（Angus）黑牛註二，在沒有月亮的夜裡，和密西西比河裡不知名的魚交媾後生下的混血生物，手裡拿著美麗的鞭子，在女人面前轉著圈。

他只有五歲，看起來卻像四十歲。雖然降生到這樣的世界，卻像是個黑人偶般天眞無邪，和一位有著知曉世事長相的侏儒住在一起。

「這是我的孫子，很美吧。」

娼館的老闆娘向客人介紹。

「雖然五歲了，卻只有六十九磅。」

渥連戴著客人的折疊軟帽或軍人帽，對著鏡子模仿大人，在他身上，我彷彿見到自己的少年時代。他在仰慕的白人娼妓哈莉身上，找到母親的影子，所以總是躲在床底下，快樂地聽著哈莉和客人們交纏在一起，讓床不時發出軋軋的聲音。

或許這不過是私人的小小感傷。但是，這位黑人少年對我來說，卻讓我無法不覺得「他並不是和我毫無關聯的陌生人」。

每個花錢買春的男人都叫做約翰

但不論怎麼說，這本書裡最令人有感觸的是妮兒·金伯爾（Nell Kimball）的自傳《逝去的日子》（*Memoiren aus dem Bordell*，一九七〇）。

妮兒在一八七〇年到一八八〇年的十年之間賣身爲娼，在路上拉客；後來終於和一位經營菸廠的男人陷入熱戀，卻被他的妻子趕出城外。因此，妮兒帶著十年來的積蓄和從男人那兒得來的遮羞費，到班森街（Basin street）開了一家賭場，成爲賭場的女主人。

當時的班森街聚集著前科犯和娼妓，因此是個連警官也不想管的「治外法權」小鎮。尤其，被稱爲交易街（the Swap）的地區，更屬於沒有槍就進不得的恐怖黑暗地帶，到處是妓院、偷情夜宿的旅館和賭場，連舞廳裡聚集的都是十三、四歲的少女，將小費夾在吊帶襪裡，並且將乳房完全擠出、裸露在外晃動著。鴉片窩裡散發出一種排泄物的惡臭，到處都是半倒塌的臨時搭建小屋。

娼妓院裡的唯一裝飾是紅色的吊燈和窗簾，而窗簾後側是有意買春的男人決定娼妓價格的交易場所。

註二：安格斯牛是體型低矮的小型肉用品種，被毛黑色無角，體軀長方形，全身肌肉豐滿。

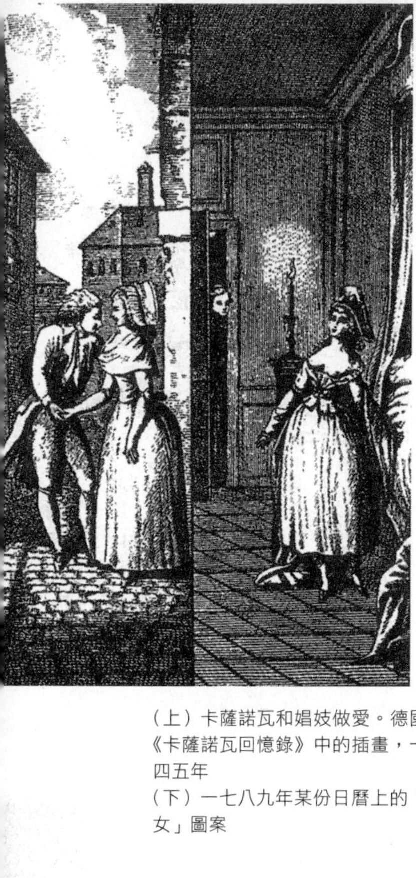

（上）卡薩諾瓦和娼妓做愛。德國版《卡薩諾瓦回憶錄》中的插畫，一八四五年
（下）一七八九年某份日曆上的「妓女」圖案

按妮兒的回憶，「時常有男人交易完後只付四成的錢，因此，如果在街上發現鼻樑斷裂、或是被枕頭悶死裝進砂石袋的男人屍體，一點也不足爲奇。」

南北戰爭（一八六一～六五）時，很多男人失去了家庭，許多人爲了性，聚集在娼妓院裡。妮兒這樣的解讀不知是否屬實。但我的看法是，對於那些厭煩了、想逃避家庭的男人來說，娼妓院才首次有了存在的意義，由於娼妓們將男人視爲單獨個體來對待，因此才導致反家庭現象的形成。

總之，南北戰爭時，因爲胡克將軍（Joseph Hooker）經常出入營區附近的娼寮，那個地區因而被稱爲胡克地區（Hooker's Division）。後來，在那裡拉客的娼妓也因此被稱爲Hookers。（當時娼妓們以「約翰」來稱呼客人，現在約翰和胡克的稱號依然被留存下來。）註三

妮兒回憶自己身爲娼妓時的種種。例如，有日本人帶著全部的財產來嫖妓，並且希望「想一直做愛到死爲止」。

果然沒有人想接這樣的客人。「邊做愛邊死去」不論怎麼想，總讓人心裡發毛。

在傳染病流行期間，娼妓院雖然維持門戶大開，上門的男人們卻抽著菸呆坐一整晚。

妮兒寫道：「面對生死關頭之際，妳很明白地知道男人眞正想做的，並不是『擁抱妓女』。」

不過，妮兒在古巴獨立戰爭註四期間，一個晚上卻必須接下二十位甚至是五十位客人。

「戰爭的發生，似乎替我們帶來了一家鑄幣廠。男人的隊伍看來就像是金幣的小山，金幣多得簡直可說得用鏟子挖來形容。」

巴黎妓院中的情景。十九世紀報刊插畫

在此介紹妮兒的「娼妓養成術」部分情形

直到一九一七年結束娼妓生涯爲止，妮兒曾經歷三間娼妓院關閉。

但妮兒從中學會了幾個招待客人的秘訣。其中之一即是換床單。

在現代，客人退房後，更換床單是理所當然的事。但在當時，逐一換床單的娼妓院很少，更誇張的是，有些地方竟然將床單縫在稻草床上，等到床單變成灰色，甚至出現許多污點後，還把它當成吉祥物。城裡專門洗床單的女人也不會將床單仔細地清洗乾淨，幾乎只是用水浸泡一下，然後晒乾而已。妮兒則和城裡最有名的清洗店簽約，總是以乾淨的床單來迎接客人。客人因而十分高興，這也是妮兒的娼妓院生意興隆的原因之一。娼妓裡後來成爲女同性戀的人不少，妮兒也和其他老闆娘一樣，沒有禁止妓女之間的戀愛。

她們雖然常常尋找能加以支配的對象，但比起外面的男人，同樣身爲娼妓的女人更讓她們感到安心。而且，女同性戀對性比較有探求欲，也想知道更多讓客人感到高興的方法。妮兒這麼描

註三：以hook一詞指稱娼妓其實在南北戰爭之前就已出現。胡克將軍性好召妓的行為，則讓此一說法廣為流傳。

註四：一八六八～九八年間，古巴人民先後經歷了兩次反對西班牙殖民統治、爭取民族獨立的革命戰爭。亦稱「古巴三十年解放戰爭」。

寫。

破壞規矩的娼妓，施以禁止用餐、鞭打一千零一下、禁止入浴等嚴苛的處罰。娼妓的行為，是娼家經營原則中最重要的環節。妮兒將娼妓院盈餘的三分之一分給娼妓，但絕對禁止預支薪水。

不接待別有居心的客人，也不允許使用繩子和痲藥，酒則以「不喝醉為前提」免費供應。

對娼妓來說，酒是敵人。喝酒不但讓人有酒臭味，還讓人變得感傷，如此一來即便是小狗、小貓、小孩和歌曲也會讓她們哭泣。

這是她的娼妓哲學。「曾有出身良好家庭的猶太少女來當娼妓，她企圖殺死客人卻沒成功，反而在頂樓的小房間裡上吊自盡。據說她是一個十分愛喝酒的少女。」

據我所知，現今的時代裡，娼妓出身的成功人士還不算少，但當時的人認為「這樣的事，連做夢也不曾想過」。

但也有例外。有一位從奧克拉荷馬來到班森街的印地安娼妓，從良後返回家鄉，和農夫結婚，還挖到石油，後來甚至成為美國國會議員。

多數娼妓們的煩惱是便秘，所以我定期給她們用鼠李（Cascara）的樹皮做成的緩瀉劑，還有從大黃（Rheum）根萃取的利便劑。

娼婦們似乎不喜歡沐浴，我則強迫她們一定要入浴。因為體臭光靠香水是不可能遮蓋過去的。我還不得不從頭教她們局部清洗盆（bidet）的使用方法。來自堪薩斯的少女甚至以為入浴就是洗腳。她們只看過玉米皮，連廁所紙都不曾見過。

在娼妓養成術的話題告一段落後，妮兒開始談

維多利・卡爾帕高畫作「妓女」。文藝復興時期畫作

到關於和男人之間的相遇和分離。

從中我們可以明白的是，娼妓的歷史不一定完全等同於蔑視女性的歷史。在交換、贈予的問題和娼妓的賣春行爲之間糾結的，是眞實的人生。或許可以說，只要有孤獨、想逃離不幸、貧困等問題存在，娼妓所擁有的這種「邂逅」劇碼，就永遠不會消失吧。

我土耳其的朋友桃子曾說：

「每天期待與想像會遇到什麼樣的人，是我生活的樂趣。」

我選出的娼妓前十名

寫到此處，我試著思考「如果要我選出娼妓前十名」的話，會是那些呢?

總之，先從凱索（Kessel）的《白日美人》（*Bell de jour*）小說（電影版台譯：《青樓怨婦》）裡的莎維琳妮（Severine）開始來談起。（路易斯・布紐爾〔Luis Buñuel〕的電影裡由凱薩琳・丹尼芙〔Catherine Deneuve〕飾演的莎維琳妮，感覺缺少了什麼，所以還是以小說爲首選。）

相反地，《愛瑪姑娘》（*Irma la douce*）的話，比起伯納・蕭（George Bernard Shaw）的小說，反而是比利・懷爾德（Billy Wilder）的《愛瑪姑娘》（日譯《今夜只有你》）裡飾演愛瑪的雪莉・麥克琳（Shirley MacLaine）比較傳神。

馬文・李洛伊（Mervyn LeRoy）的《魂斷藍橋》（*Waterloo Bridge*）裡飾演娼妓的費雯・麗（Vivien Leigh），遭遇實在是太悲慘，在此略過不談。此外，談到電影，不得不提的有《五番町夕霧樓》裡佐久間良子飾演的夕子、《飢餓海峽》裡左幸子飾演的八重、《痴漢艷娃》（*Never on Sunday*）裡的港邊娼妓梅琳娜・麥考莉（Melina Mercouri）。

（她只在週一到週六接客，週日休息。此外，週日還邀約和自己上床的男人到住處一起用餐。男人們圍在同一張桌子邊，不情願地互相舉酒乾杯，此時，女人臉上滿足的表情眞是精彩到令人難以形容。〔《痴漢艷娃》〕）

一般人或許會選費里尼（Federico Fellini）《大路》（*La Strada*）裡的傑森米娜（Gelsomina）爲第一名吧，但是她也實在太可憐了，所以我也略過她不談。

這樣照自己的意思取捨後，讀者應該可以明白，我的娼妓觀實在極爲開朗並充滿了神秘的色彩。我會和娼妓交往，必定也是爲了求得幸福、遊戲其間和尋求快樂。

以下就是我個人選出的最佳娼妓前十名。

一、喬治・巴岱儀（Georges Bataille）的《艾華達女士》（*Madame Edwarda*，一九三七）

二、電影《望鄉》（*Pépé le Moko*）的尙・嘉賓（Jean Gabin）註五

三、寶蓮・莉雅殊（Pauline Reage）《O孃的故事》（*Histoire d'O*，一九五四，巴黎）的O孃

四、尙・惹內（Jean Genet）的劇作《陽台》（*Le balcon*，一九五五）的娼妓們

五、久生十蘭註六小說《母子像》裡的母親

六、費里尼電影《八又二分之一》的莎拉基娜（La Saraghina）

七、芥川龍之介小說《南京的基督》裡的少女娼妓宋金花

八、電影《愛瑪姑娘》裡的愛瑪

菊川英山「青樓行事八景——居續乃暮雪」錦繪，十九世紀前半

九、電影《痴漢艷娃》的港邊娼妓

十、田村泰次郎《肉體之門》的波內歐・馬雅（Borneo Maya）、關東的小政等女性

（此外，還有三澤駐地〔base camp〕的專屬軍妓節子。）

節子雖然是個有魅力的好女人，但因爲身爲專屬娼妓，所以比不上《痴漢艷娃》的梅琳娜・麥考莉。但正如法蘭克・辛納屈（Frank Sinatra）所唱的：

唯有的，只是寂寞（only is lonely）。

註五：尚・嘉賓為知名男演員並在此片中飾演幫派分子，此處似為寺山之筆誤。

註六：久生十蘭的作品，傾向「變格派」推理小說傳統——在留意邏輯推理同時，更著意描繪恐怖氣氛，以揭示人物的變態心理，甚至還讓神鬼妖魔在作品中出現。

（另外，由於刊載本文的雜誌版面篇幅有限，無法談到男娼，在此愼重向讀者道歉。絕不是因爲「性別歧視」的關係。期待下次有機會再談。）

邊睡邊讀的趣味寢台書

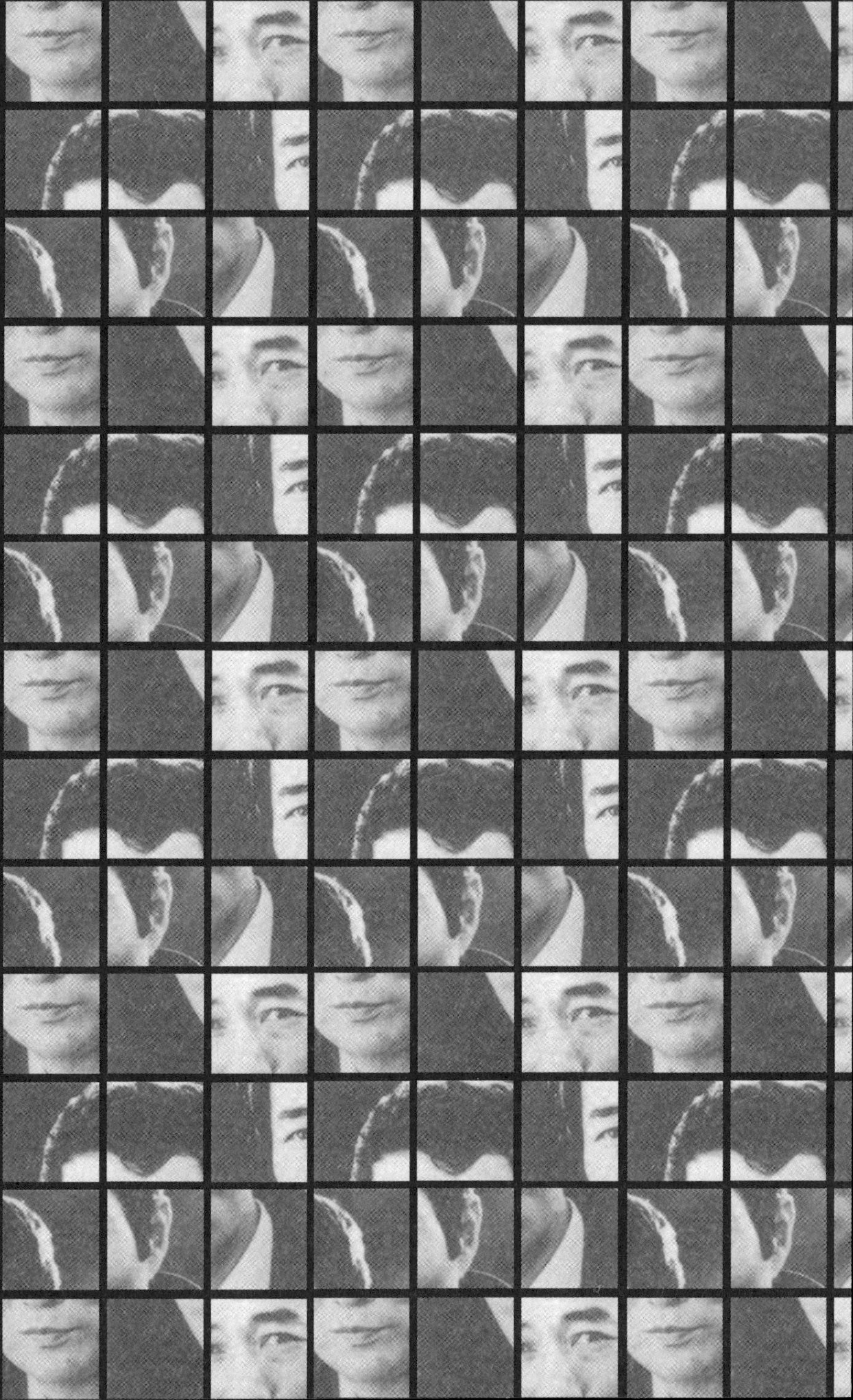

邊睡邊讀的趣味寢台書

我在巴黎有幾間特別喜歡的旅館。

其中，最令我印象深刻的是一家位於克利希（Clichy）區的便宜旅館，旅館內至今還保留著亨利・米勒（Henry Miller）註一最愛的床。

和娼妓一起去投宿的男人，為了紀念只有一夜的愛，在床上刻下了姓名的第一個字母，在床下放著拷問器具，枕頭下還藏著手槍，簡直令人想起無賴漢的床。

於是，在一個人旅行的漫漫長夜裡，我終於整夜不曾闔眼，躺在這張床上看完了喬治・西默農（Georges Simenon）的馬戈探長偵探小說。

東洋的雙胞胎姐妹殉死的複雜糾葛的床。

文豪亨利・米勒和二位娼妓奮力纏綿時搖晃的床。

在每張床上都有著一個真實的人生劇碼上演的便宜旅館中，我讀著從舊書店裡發掘到的有趣書籍，這種感覺真是難以言喻。

現在就在這樣的床上來翻閱名為《寢台》（Le lit）的畫集吧。

寢台為月亮的陰晴圓缺所支配

人生有三分之一的時間都在床（寢台）上度過。

換句話說，到七十歲爲止，在床上度過的時間約有二萬個小時。

「人的一生當中，床可說是重要行爲的証人。」余柏・朱安（Hubert Juin）之所以會這麼說，也是可以理解的。

畫集《寢台》裡網羅了從古至今人們想像中的，床的意象和所有關於床的圖片、照片等，是一本床的百科事典。

書裡有著大量又豐富的圖片。內容大致可分爲兩部分。一部分是朱安個人的寢台體驗、相關的記憶和詩詞。另一部分則是圖片的解說和補註說明。

隨意翻開書本，摘取部分的內容：

孩提時代，寢台對我來說高不可及，爲了藏身於尼龍材質的毛毯裡，我必須用椅子當做腳踏梯才能爬上寢台。全身被包裹在被窩裡，沉入柔軟的寢台時，不知爲何，我總是被出現了蠟製面具的惡夢所擾，經常睡眠不足。祖父因爲擔心我，每天夜裡都在床邊陪我，直到我入睡爲止。但是，每當祖父有事離開時，我反而有著另一種恐怖的幻覺，深怕祖父再度回來時，會變身爲戴著蠟製面具的人。

之後，朱安寫到，寢台上最令人感到毛骨悚然的，莫過於床單和毛毯；他甚至認爲，「床單和

（上）梵谷畫作「亞爾的房間」（一八八九）中的床（下）木刻版圖書《滿足的死之藝術》（*The Art of Dying Well*）中，具有宗教訓誡意味的插畫：一個表情安詳的虔誠之人將死時躺在床上的情景，這時他的床已成為善（天使）惡（怪物）兩方最後的角力戰場。約印製於一四七〇年

註一：亨利・米勒（一八九一～一九八〇），生於紐約布魯克林。一九三〇年遷居巴黎。以大膽露骨的筆鋒和性描寫著稱，出版當時甚至被查禁。著有《北迴歸線》、《黑色的春天》等。

毛毯不但表現了寢台自身的美麗，其美感更覆蓋了躺在寢台上的人，甚至侵害了人，讓人不得不去面對。」

在寢台上，的確會發生許多不可思議的事。小紅帽掀開床單時，床上睡的是大野狼；沉睡了百年的公主，翻開床單時，跌入倫敦極爲貧困的深淵。霍夫曼（Ernst Theodor Amadeus Hoffmann）註二的沙男匆忙地想藏身時也是用床單；可憐的教會學校的少女，只能用床單包住自己的身體，開始當起娼妓。

當然，寢台不止是愛的舞台。有時，也變身爲死的舞台。

朱安寫到，寢台受到月亮陰晴圓缺的支配。「所有的寢台都知道漲潮的時刻。這是十分女性的特質。」

所有的醫院裡都有寢台。然後，麻醉後的人體，躺在寢台上，身體的一部分就像被強姦一般，被施行外科手術。只是，手術後的結果不同，有人在寢台上嚥下最後一口氣被推出來，也有人在寢台上接受誕生出另一條生命的祝福。

看著畫集《寢台》的內容，非常能理解寢台（即使只有如此）也可說是一個完整的人生舞台。

夫人！歡迎來到電影裡的床世界

有這樣的一部電影，兩個人如果在「那張床」上結合，一定會帶來不幸。

我記得這部電影是pink電影院（位於東京專門播放成人電影的戲院）的最晚場上映的，像破船一樣被丟在海邊的床，遭海浪沖刷著的最後一幕鏡頭所具有的象徵性，令我印象深刻。這讓我憶起朱利安・杜其維（Julien Duvivier）的《曼哈頓故事》（*Tales of Manhatton*，一九四二）的設定，和《曼哈頓故事》中的無尾半正式晚禮服（tuxedo）不同，兩個人在故事裡的床上結合的前提，實在充滿了戲劇性。

事實上，電影中床上的鏡頭雖然時常出現，但針對床所做的描述卻很少。

朱安列出了電影《命運》（*Kismet*，一九三〇）裡的羅莉塔・楊（Loretta Young）所躺的歌劇道具似的寢台；電影《三週》（*Three Weeks*，一九二九）裡的艾琳・普利格（Aileen Pringle）和康拉・納蓋爾（Conrad Nagel）親熱鏡頭裡使用的像帆船一樣的床。看到此，讓我想把《壞種》（*Baby Doll*，一九五六）裡卡蘿兒・貝克（Carroll Baker）吸吮指頭的床，和馬塞勒・卡內（Marcel Carné）的《港邊的瑪莉》（*La Marie du port*，一九五〇）中密會用的床也加進去。

費里尼的《鬼迷茱麗葉》（*Giulietta Degli Spiriti*，一九六五）中，在海浪上漂浮的籠子，和茱麗葉・瑪西娜（Giulietta Masina）睡在樹上的床等等入睡的場景，也可以算是床的另一種形式。

喜劇電影裡，勞萊與哈台（Stan Laurel and Oliver Hardy），一個肥胖的大男人和一個瘦弱的小男人的組合，穿著怪異的睡衣和怪異的襪子，還戴著高高的睡帽睡覺，眞的很逗趣。但說到「寢台的冠軍」，還是比不過拉瑟・布朗帶著

Little Red Riding-Hood.
TALE I.
ONCE upon a time, there lived, in a certain village, a little country girl, the prettieſt creature ever ſeen. Her mother was exceſſively fond of her; and her grand-mother doated on her much more. This good woman got made for her a little red Riding-Hood; which became the girl
B
ſo

十七世紀法國童話作家貝洛《鵝媽媽故事》中的插畫：大野狼正爬上小紅帽祖母的床，作勢要吞吃她

註二：霍夫曼（一七七六～一八二二），德國作曲家、小說家，是德國後期浪漫主義文學的代表人物。文中出現的〈沙男〉（Sandman，或譯〈沙人〉、〈睡魔〉）為其短篇小說作品，曾先後被後人改編為芭蕾舞劇、歌劇，以及電影。

硬蕊色情味（hard-core porno）[註三]的《卡薩諾瓦》（*Casanova*）系列裡的卡薩諾瓦吧。

雖說路易斯・布紐爾很難捨棄電影裡登場的「惡夢的寢台」，但說到對床有異常偏執的電影作者，非盧契諾・維斯康提（Luchino Visconti）莫屬吧。

在維斯康提的舞台劇作品《可怕的父母》（*Les Parents Terribles*，一九四五）中，就曾出現床的場景，之後他所有的作品幾乎都離不開床的主題，但對床的處理方法都不相同，可說十分地用盡心思。

父親和小孩互道「晚安」的《小美人》（*Bellissima*，一九五一）中的床；《夏之嵐》（*The Wanton Contessa*，一九五四）中阿里達・瓦利（Alida Valli）和法利・格朗各（Farley Granger）密會的蕾絲邊豪華寢台；《魂斷威尼斯》（*Morte a Venezia*，一九七一）中娼妓卡蘿・安卓雷（Carole Andre）落寞地坐在床上，被碎花圖案的毛毯和鏡子遮掩的床；《浩氣蓋山河》（*Il Gattopardo*，一九六三）裡，看起來像油彩肖像人物的沒落貴族克勞迪婭・卡迪納萊（Claudia Cardinale）的有頂的寢台；《納粹狂魔》（*The Damned*，一九六九）中赫慕・伯格（Helmut Berger）和英格麗・杜林（Ingrid Thulin）一邊互相叫罵一邊觸犯近親相姦禁忌的床……

光回想這些電影的著名場景，似乎就可以聽見裡面的對白。

如此說來，我的第四部長篇電影《上海異人娼館》（一九八一，由克勞斯・金斯基〔Klaus Kinski〕等人所演出）中首次出現床的場景，不知道效果如何？

睡在空蕩蕩的寢台上的男人只能運用想像力

我出生後第一次使用的床，（很遺憾的）竟然是醫院裡毫無裝飾的床。

少年時代，我對十九世紀英國探險作家理察・伯頓（Richard Francis Burton）的《一千零一夜》（*The Arabian Nights*）故事十分嚮往，對於珊卓魯德每晚說故事給國王聽的阿拉伯宮廷寢台十分憧憬的我來說，寄宿生活的空間實在十分狹小，不用說買床搬進去了，只能把棉被和床墊，蜷得像煎餅一樣，蜷縮著睡覺。

其實在我的故鄉，幾乎沒有家庭使用床。朱安所說的：

註三：硬蕊色情（hard-core porno）是色情電影中的一種特定類型，露骨而清晰地展示性器官，提供解剖式的特寫角度。

（上）法國畫家羅特列克的畫作「寢台」（Le lit），一八九二
（下）A. Farmer夫人畫作「不安的一刻」，一八八五年。寢台也是連結親子關係的重要地點。另外，病痛的意象，擔憂、忍耐、恐懼與安慰等等表情，也是寢台旁常可見到的動人風景

「我生長在比利時、法國和盧森堡三國邊境的小鎮。在這裡，每年都會有拍打床墊的職人來到小鎮。

他們會睡在鎮上的倉庫裡，替鎮上的所有的床服務。」

他的這些回憶反而讓我十分地羨慕。

當我在看油畫時，對畫中的床產生嚮往，心裡會想著「原來睡在這樣的地方啊？」（這正好和住在夢裡的小尼莫〔Little Nemo〕註四對床抱持的幻想很相似。「睡在那麼高的地方難道不會掉下來嗎？」懷抱著這樣的不安，並摻雜著睡在雲端上的快感，兩種複雜的情感交織著。）

出院後首次躺的床上，我和有夫之婦上床。如果說這是首次的異性體驗，我可說是在床上越過死亡的邊界，也在床上尋找眞愛。

病人在寢台上
夢想著和巴爾卡（Parcae）相遇

詩人泰奧菲・戈蒂耶（Théophile Gautier）註五如此唱著。

住在醫院時的我，總是被文藝復興時期畫家波許（Hieronymus Bosch）的「死和守財奴」（Death and the miser，一四九〇）裡一個寢台場景的惡夢所咒詛。出院後，床的夢立即演變成感官式的性愛場景。

現在我的人生中，床成爲不可缺少的一部分。但是，反過來說，只有床的人生呢？似乎也不得不去思考。

像盧米內畫中的「全身無力者」，床在河川上漂浮著，對於整天只有吃，然後縱情欲望、睡覺，就這樣死去的「無力者們」來說，床變成棺木的化身。

十九世紀法國作家彭森・泰拉尤（Ponson du Terrail）則寫道，床雖然很好，但「問題是和誰睡在一起。」

事實上，「在空空的寢台上渡過一生的男人，只能活在想像力當中。」

雖然如此，習慣每天都要和誰一起入睡的男人，卻是無法同時擁有想像力的。

註四：美國漫畫家温瑟・麥凱（Winsor McCay，一八六九～一九三四）於報紙連載的故事《小尼莫夢境歷險》（*Little Nemo in Slumberland*），首刊於一九〇五年。一九一一年製作動畫版。

註五：泰奧菲・戈蒂耶（一八一一～七二），法國詩人、小說家、評論家。詩中的「巴爾卡」是羅馬神話裡司掌生和死境界的命運女神。

温瑟・麥凱的報紙連載漫畫《小尼莫夢境歷險》片段

法國的奧弗涅（Auvergne）地方，有個習俗，每當一對男女要結婚時，雙方都要帶著各自的寢台。

但是，寢室裡只能放置一張寢台。於是，聽老人的建言，在女方月經來時把第二張寢台放入另一個房間，這代表著夫婦兩人之間依然保有獨自的個別性的開端。

換句話說，夫婦關係的內化和自立的觀念，從「月經來時」開始在兩張床上萌芽。

床是浮在空中且長著翅膀的家

床一定是固定放在屋子裡？這麼說來好像並非如此。

「旅行用的寢台、攜帶型的床、水手用的折疊式帆布床、高級列車中的廂型臥鋪。」（余柏・朱安）這些可攜帶隨意搬移的床好像也不少。

這些床時常在不同的國家巡迴。再加上睡袋、帳蓬等旅行用的各式床，與其說這些是搬運身體的床，不如說是「搬運夢想」的床比較貼切。

以百科事典的角度來看，移動的寢台從十五世紀就已現身。

其中最大的長達五公尺、寬達三公尺，對照現代的情愛旅館（love hotel）來看，這種大小或許不稀奇。當時中高年者用的寢台不太爲人所知，據說墨洛溫（Merovee）王朝、卡洛林（Caroling）王朝[註六]時，中高年者的床是改良自古代羅馬時代的床而製成的。

但是，如果說歐洲出生長大的人，從小都在床上做夢的話，也不盡然如此。

因爲曾有「一般的人都在地面上鋪上稻草、枯葉或羊毛，然後睡在上面」的記載。

波許的畫作「死和守財奴」，一四九〇

也有人這麼稱呼床，對人們來說這是極爲浪漫的想像。但在更富有行動力的人們眼中看來，「年老的夢想家」和「做夢的權利」似乎有加以排除的必要。

不過，我每次看到有簾幕的寢台，腦海裡就會浮現一個神秘的性感劇場（或是舞台）。進入布幕前的素顏，在打開布幕後立即變身爲「台前的演員」，並且在舞台上訴說著愛。床不但是舞台，同時也是一個特別的裝置。

爲了限制女兒外出，父親想出的方法是把女兒綁在床上；用稻草編製的高筒靴排列而成的床；在屍體上放滿了冰塊，然後蓋上毛毯和枕頭的「背叛的愛的寢台」……

就到此爲止吧，我的想像力也該就寢了，已經開始感到厭煩了。

註六：法國五～十世紀的王朝名稱。

鞋子民俗學的閱讀方法

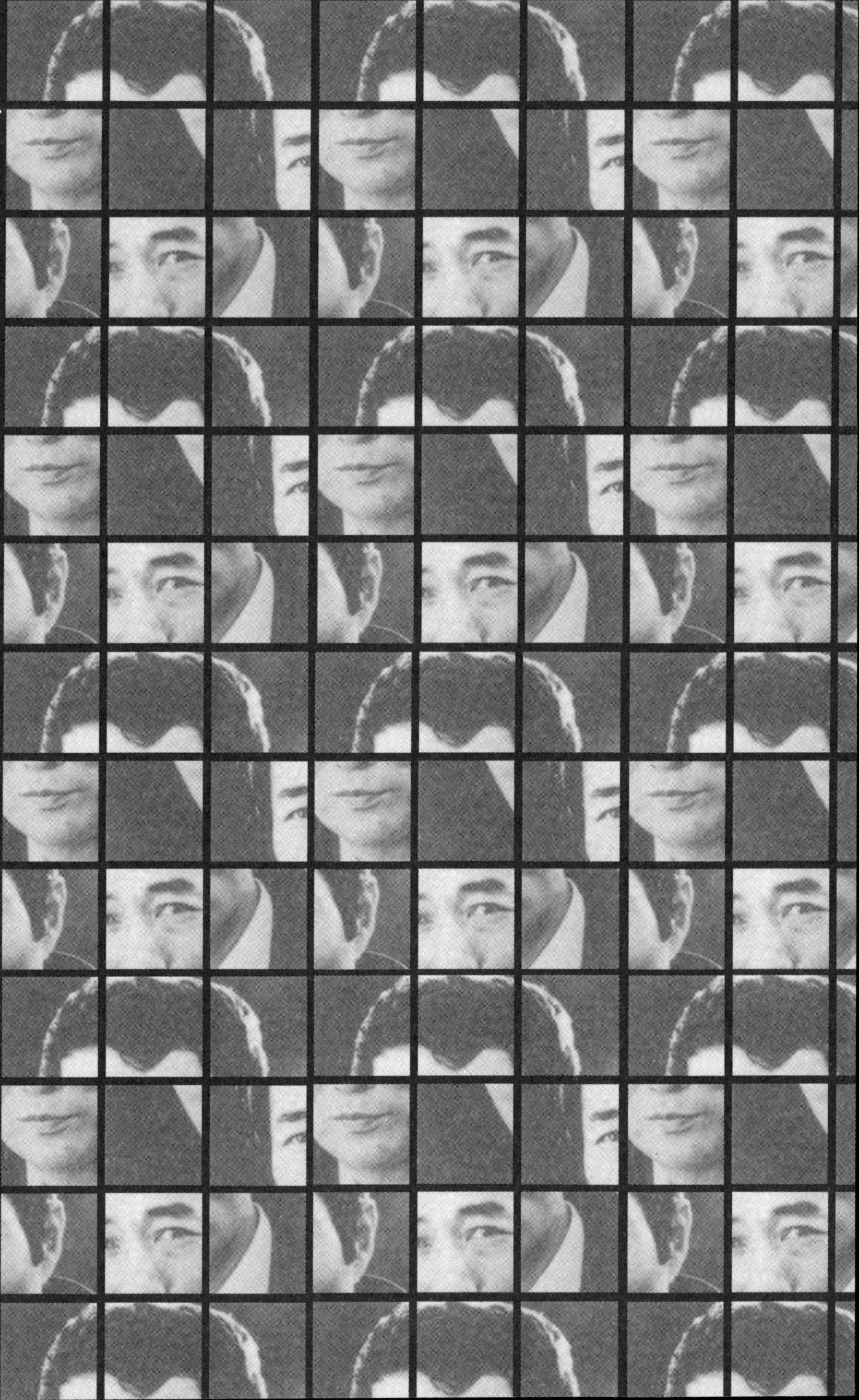

鞋子民俗學的閱讀方法

電影《淘金熱》（*The Gold Rush*，一九二五）中，有一幕卓別林吃鞋子的場景。

鞋子是牛皮做的，照理說應該可以吃，西德導演溫納・荷索（Werner Herzog）向卓別林挑戰，舉行了吃鞋子的活動。

加入大量的洋蔥，熬煮一個晚上的皮鞋（而且為了容易吞嚥，將皮鞋切得很細），看起來還真的滿好吃的。

面對集結在舊金山加州大學大廳的學生影迷們，荷索首先嚐了第一口，並且舔了舔舌頭。

但是，不管怎麼咀嚼皮就是不會變軟。

有時還將吃進去的皮鞋吐出來，放在湯匙上，再放入嘴裡繼續咀嚼。

鞋子真的可以吃嗎？

卓別林以他的文明批評回答，事實上不論怎麼煮，皮鞋還是不能吃的吧？

脫鞋意味著愛的行為的開端

住在鞋子裡的婆婆
雖然貧窮卻有很多孩子
每人只能分到一口湯
就被趕到床上

在這首鵝媽媽童謠（mother goose rhymes）[註一]中，鞋子果然不只是用來穿的東西。童謠裡，鞋子是又小又簡陋的家的比喻，象徵著一種自己十分寒酸的刻板觀念。

查里斯・貝洛（Charles Perrault）的童話裡曾出現「有七種力量的長靴」，它可以針對主人的需求，變大變小，而且還可以改變走路的速度，是雙奇異的鞋子。

孩提時代讀的〈穿長靴的貓〉裡，有一隻貓和揉麵粉的師傅約定，「只要你幫我準備一個袋子和一雙長靴，我就能讓你出人頭地。」

聖誕節的前夕，把「長襪」掛在床上，穿著長靴的聖誕老人從煙囪進來，就會把禮物放在長襪裡，這個傳說幾乎遍及世界各地孩童的心裡。

鞋子裡似乎有著神奇的特殊力量。

華格納有一個獨特的嗜好，人們在他死後，整理他的房間時，發現床下收藏了很多婦女的鞋子。

法國有句諺語，「用鞋子的數量來計算死人，生者今後將只能裸足行走。」

一般認為這是在傳達對鞋子的尊敬。

一九七五年，在義大利，「羅馬式時代的鞋子博物館」舉行的研討會中，女研究員歐波羅葉曾指出：

「在佛教國家裡，國王時常穿不同的鞋子，改

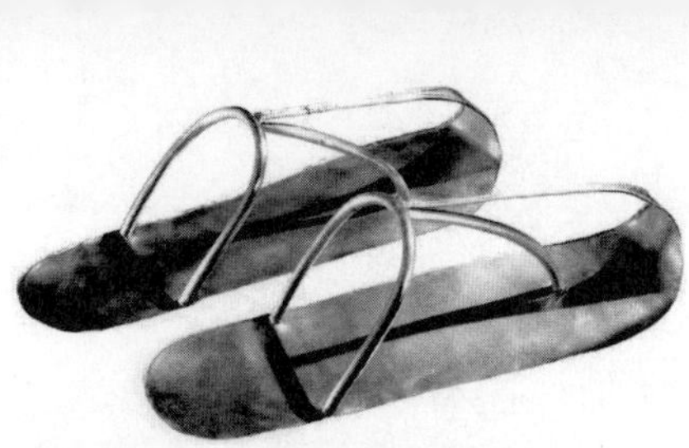

（上）埃及人認為鞋子是珍貴的東西，此為考古學家考證為埃及國王所穿的鞋子。（下）貝洛《鵝媽媽故事》扉頁

註一：「鵝媽媽」源於法國作家查里斯・貝洛於一六九七年編寫的童話故事集 *Contes de ma Mere l'Oye*，包括了〈小紅帽〉、〈睡美人〉、〈灰姑娘〉和〈穿長靴的貓〉等多篇。之後，英國人收集流行於民間的童謠編成書，即以「鵝媽媽童謠」為名，多描述十九世紀時代的事物。

變身份來進行統治。」

例如有著「只用鞋子來巡迴領土」或「只有鞋子出席會議」等情況的，喇嘛教（Lamaism）的羅摩衍那（Ramayana）時代註二。

不僅如此，古羅馬時代，也曾有國王讓奴隸拿著「妻子的鞋」外出，以代替妻子一同出遊的事例。古印度的吠陀（Veda）民族的儀式中，不只是王，連王的鞋子也守護著領土的傳說也不少。

《聖經》裡記載了「以前在以色列，人們有買回鞋子、交換鞋子和把鞋子送給別人的習慣」（〈詩篇〉）。依此記載，「買回鞋子時」，有先把鞋子往地上丟的習慣，鞋子在當時應該是「被當成奴隸一般」地被對待吧。

此外，中世紀的人們認爲「脫鞋是愛的行爲的開端」。

同樣是中世紀時的事，被邀請出席結婚儀式卻因事無法出席的女性，在那一天只能穿著一隻鞋，另一腳必需裸足。

「脫下鞋子一事……」我思考著。

也代表著「接受對方的心意，甚至是以身相許，放棄財產、投降等等的意思。」

或許對他們來說，腳（比起現代人觀念中的性器官）更具有神聖性，是應該守護的東西。伊斯蘭教裡，朝聖者進入清真寺時，據說一天要脫五次鞋，洗五次腳。

在日本，「洗腳」也代表著和流氓的生涯斷絕，開始決心從事正當職業。不管在那裡，這樣的習俗或許都有著相似的意義吧。

不過在我的朋友塚本邦雄所作的許多「歌留多」註三中，有一首是這樣的：

洗了腳卻髒了手

心愛的人死去的話，就把他的鞋子丟了吧

我也收藏了許多關於鞋子的書，但如果要舉一本具代表性的，當然非尚・保羅・路的《鞋子》（*La chaussure*）一書莫屬。

書裡面有尚・保羅・路關於鞋子的多方面考察，但最有魅力的還是裡面豐富的圖片。

「這本書裡關於鞋子的圖，幾乎都是古代羅馬鞋子民族博物館所收藏的東西，多虧了保管者瑪莉・約瑟芬・波桑女研究員的細心珍惜，才能讓這些東西重現在大家眼前。」

就如書裡的前言所述，這本書幾乎可說擁有完美的收藏。

例如，書裡有歷史上最早的鞋子的設計圖。布萊耶神父寫道，「新石器時代，人們用獸皮包裹

註二：相當於印度哲學分期上的「史詩時期」，時間約當西元前六〇〇年至西元二〇〇年間。此時期廣為流傳的兩大長篇史詩之一，即為《羅摩衍那行傳》。

註三：日本的一種詩詞遊戲。或者說，以帶有遊戲性的規則

（上）製靴業者，十八世紀版畫
（下）十九世紀末日本街上的木屐屋。明治中期的攝影

腳，以度過嚴冬，並且得以出外狩獵和戰爭」，看到這張設計圖就可以知道「腳底和地面十分貼合，是以符合人體解剖學」的角度來製作的。在西臺人、敘利亞人和美迪亞人註四的鞋子的圖片一旁，介紹了幾個「關於鞋子的傳說」。

根據書上的記載來看，《聖經》裡關於鞋子的記述其實很多，舉例來說：「當買賣時，買方會掛起鞋子，當成所有權轉讓的證物」，或是「猶太人在締結婚約時，會送戒指和鞋子給對方」，「喪失配偶者，為了表示哀悼會把鞋子丟掉」等等習俗，都有很詳細的記載。

圖片中不光只是古老的東西。也有像中世紀的「雨男之鞋」（除魔、防雨所穿的鞋）是用沾滿了血腥的頭髮所編成的鞋子；也有（我們從沒見過的怪異形狀的）「日本木屐」。書裡還蒐羅了各地的高跟鞋的鞋跟、畢卡索所設計的立體靴、超現實主義樣式的鞋子、古特·西里格門（Kurt Seligmann）註五的「傢俱鞋」（由三隻女生穿著鞋子的腳所支撐的椅子）、馬格利特（René Magritte）著名的半足半靴的油畫「紅色模型」（The red model）等，光是看著這些圖片，就像進入了另一個完全不同的世界。

德國巴伐利亞地方用來裝啤酒的透明長靴造型的啤酒杯，現在也在東京的啤酒吧裡被使用。「山脈地帶的木鞋（sabot）」，五趾全都被雕刻上去，可說是極為超現實的代表物。有的油墨壺和花瓶有了鞋子的形狀；鞋子形狀的鞋刷更可說一點都不稀奇。兩腳的腳尖有一對連體雙胞胎緊貼在上的，梅若·歐本漢（Meret Oppenheim）註六的鞋子：讓人感到鞋子本來所具有的宿命，看起來總覺得有點悲哀。

進入現代後，人們對民俗學的興趣變得淡薄，鞋子的發展反而變得十分多樣。例如，音樂劇場

馬格利特的畫作「紅色模型」，一九三四

的侏儒藝人哈利・拉爾夫穿著和身材完全不成比較的大鞋子反而搏得人氣，卓別林的破爛鞋子更是無人不知。

以前曾是美國政治家的阿德萊・史帝文生（Adlai Stevenson）註七，總是穿著「有洞」的鞋子，並藉以當作宣傳政治家辛勤勞苦的手段。用雙手穿鞋，倒立走路的漫畫；擦鞋時對裸足的幻想；路易斯・布紐爾的《廚娘日記》（*Le journal d'une femme de chambre*，一九六四）裡主人對於婢女鞋子的偏愛。大魔幻馬戲團（Grand magic circus）有「配合鞋子，把腳多餘的部分用鋸子鋸掉」的戲謔劇碼。

關於鞋子的幻想，曾幾何時，除了尚・保羅・路的《鞋子》外，還有各式各樣的聯想。

不只是「穿在腳上的東西」，「鞋子」到底有著什麼樣的隱喻？

或心態創作的詩詞作品。

註四：皆為古代美索不達米亞的民族。

註五：古特・西里格門（一九〇〇～六二），美國超現實主義藝術家，生於瑞士。

註六：梅若・歐本漢（一九一三～八五）德國超現實主義藝術家。

註七：阿德萊・史帝文生（一九〇〇～六五），美國政治家，

不久後或許會出現人皮做的鞋子

法國有一句古老的諺語，「想要了解腳的感覺，就試著舐鞋子吧。」

這句諺語究竟意味腳和鞋子有著相同的心情？還是鞋子是腳的代言者？我實在不明白。

但是，鞋子不單單只是遮蔽身體的一部分，在社會學上、宗教上、文學上，還有精神分析學上，的確擁有著許多層面的意義。

依尚．保羅．路所言，鞋子其實有許多的名字和種類，光是隨意想得到的名稱，就有草鞋、軍鞋、淑女靴、跳舞鞋、雨鞋、皮靴、美國印地安的毛皮鞋、木屐、木鞋、短靴、教皇的白拖鞋、涼鞋、腳鐐、古代喜劇演員的半長靴、女性包腳鞋、高跟鞋……等等舉不完的例子。

鞋子的起源，的確很早。但是，並不是所有的人們都穿鞋，不如說，其實情況正好相反。荷馬敘事詩的英雄們，斯巴達的英雄們，都赤足裸腳，希臘神話裡的神和女神們也完全不穿鞋子。

但是，只有希羅多德（Herodotus）註八故事裡描述的羅馬女人石柱底部，女人的腳下穿著涼鞋。

北喀麥隆（Cameroun）的占卜者，和非洲矮人族（Pygmy）音樂家、剛果的新娘一樣，拿著梳子走路，但都光著雙腳。阿比讓（Abidjan）註九市場裡的農民們，雖然身上也裝飾著五顏六色的飾物，腳下一樣不穿鞋子。

這麼看來，莫非鞋子出現時，並非以實用為第一目的？

據說連整年都在雪中生活，甚至被稱作苦行者的喜瑪拉雅的牧羊人都是光著腳的，這是一般共同的認知。

以前的人似乎有著「穿上鞋子就跑不快」、

十九世紀流行於各階層間，配合不同身分、場合與用途的各種靴子

「鞋子很麻煩」的想法。對他們來說，鞋子並非實用品，而是一種裝飾品，一種象徵，這樣的推論應該滿合理的。

但是，婆羅門教的經典裡記載著，在灼熱的砂石上、佈滿各種小碎石的原野和寒冷的雪地荒野中，「腳上穿的東西是生活必需品」。

問題是，將鞋子穿在腳上的動機是什麼？在濕雪地上牧羊步行時，穿在腳上的鞋，和爲了誇耀權威性而讓軍隊全部的人都穿上卡里古拉（Caligula）皇帝的軍靴註十，其根本上的目的完全不相同。

「鞋子……」

尚・保羅・路如此寫到。

「可以分成職業用和運動用兩種類別。」

尚・保羅・路腦海裡浮現的是下水道清潔人員、太空船上太空人的靴子、滑雪靴、足球鞋、網球鞋、登山靴等等，具有各式功能的鞋子。

但是，不可忽略的是，還有「以遊戲爲目的」

曾於一九五二與五六年兩次競選總統，但均告失敗。

註八：古希臘的歷史學家（西元前四八四～四二五年），曾將西元前五世紀初期，波斯入侵希臘的歷史，撰寫為《歷史》一書。

註九：西非最富裕的農業國家象牙海岸（Cote d'ivoire，原為法國殖民地，一九六〇年獨立）共和國的最大城市與經濟首都，亦曾為政治首都。

註十：卡里古拉（原名為Gaius Caesar，西元三七～四一年在位）是羅馬帝國最為殘暴、荒淫的皇帝之一。「卡里古拉」之名是他幼時跟隨在父親軍中，喜穿士兵穿的軍靴，因此在士兵中獲得「小軍靴」（即「卡里古拉」

的鞋子。

放在桌子上的淑女高跟鞋飾品、專爲ＳＭ愛好人士製造的女王長靴……都可以替換成仙杜瑞拉（Cinderella，灰姑娘）的玻璃鞋。這雙進入非現實空間的鞋，對現代人來說是無法忽視的重要象徵物。

「對了，你的鞋子是用什麼材質做的呢？」

印度祭司們指責爲了製造鞋子而殺害動物的人，聲明不穿使用動物的皮做成的鞋子。古代埃及的僧侶也穿著希羅多德書裡描寫的鞋：以考古學上知名的莎草[註十一]所製作的涼鞋或椰子葉做成的鞋，據說死去的木乃伊屍體也穿著相同的鞋。

穿皮製的鞋是「違背神旨意的行爲」。

但是，別在意。

「我們最喜歡吃牛排。一開始我們就已經違背了神的旨意了。我們不只使用牛和豬皮來做皮鞋，將來還想穿人皮做的鞋子呢。」

穿著鞋無法進入名為自由的土地

鞋子總讓人感到有什麼麻煩不自在的地方。不但很狹小，還讓腳被囚禁起來。舊土耳其帝國的皇帝強迫後宮的女人們穿木製的短靴，其行爲背後似乎隱藏著「束縛」她們的潛在意識。

穿著長靴的貓的長靴，表示著忠誠；安徒生童話〈紅鞋〉（The red shoes）裡芭蕾舞者的紅舞鞋讓少女變成跳舞的奴隸。

「穿著鞋不能前往名爲自由的土地。」

印度的電影詩人薩耶吉・雷（Satyajit Ray）曾這麼說。裸足的他或許看透了世間的一切。

中國的皇帝爲了讓少女的腳無法成長，而讓她們穿特製的鞋子，用人工的方法將腳縮小。

這種纏足的方法，是用寬十公分，長四公尺的

（上）民國初年纏足婦人照片。（下）纏足女性所穿的繡鞋

藍色布條把小女孩的腳層層纏住。依學者岡本隆三《纏足》裡的描述：

（一）要準備五雙布鞋，和一雙稍微大一點的平底鞋。

（二）晚上需要睡覺用的鞋（睡鞋），不準備床而準備三雙布鞋。

（施行纏足時還需要幾雙襪子。襪子的前端必需爲足袋狀。）

（三）在折斷腳的中足骨時，要準備敷在傷口上的綿布；並且爲了承接傷口滴下來的血水，因此還必需準備盆子或素燒的砵。先讓少女坐著，準備好的道具放在一旁，用溫水將腳洗乾淨後，先將右腳放在膝蓋上，把姆指以下的指頭拉軟使其膨脹後，一邊用溫水加溫，一邊將指頭往腳背後折入。

這雙「特別製的鞋」，表面上以「在中國小腳的人才是美人」的說辭爲由，但事實上，「是爲了不讓女人逃跑」。

如此一來，即使再怎麼愛玩的年少妻子，哪兒也無法去了。被纏足的少女們（或是娼妓們）從一開始就被剝奪了自由。她們連「脫鞋」這種愛的行爲也無法擁有。

看到腳上穿著擦得閃閃發亮的上班族的高跟

原意）的綽號。

註十一：莎草（papyrus，又譯為「紙莎草」）是生長在埃及尼羅河沿岸一種形似蘆葦的水生植物。自古埃及時代起，就發明了將莎草製紙用以書寫與繪畫的重要文明傳承技術。

鞋，我也有相同的感受。他們也因這個看不見的纏足，被拘束在現代社會這個巨大結構裡。

正因爲這樣的想法，所以我不穿皮鞋。

因此，我總是穿著木屐，從遠處眺望著穿著鞋的人們和鞋店的老闆啊！

關於書的百科

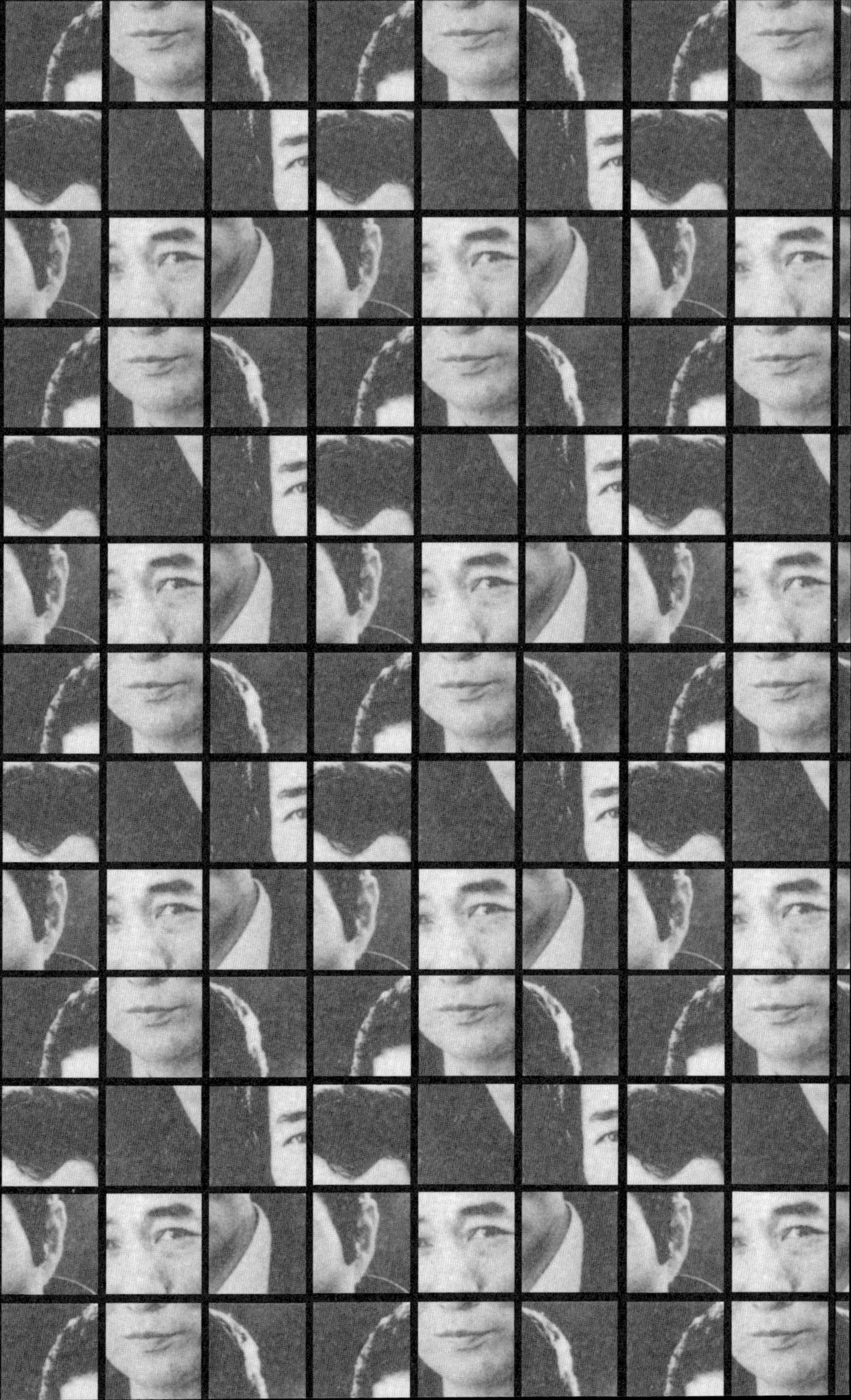

關於書的百科

發現一本名為《書》的書，我不由自主地駐足於前。

我常去的一家巴黎書店裡的爺爺，臉上一副「果然被你發現了」的表情，愉悅地點著頭。

這可說是一本關於書的書，或許不是用來閱讀的書。

如果有人像路易十四一樣，是個「對讀書完全沒有興趣，但卻對書十分熱衷」的愛書人，肯定會從這本書中獲得滿足吧。

編者傑拉．唐納森（Gerard Donaldson）也說，寫這本書是為了那些，「像伊拉斯謨斯（Erasmus）註一一樣，把錢先拿去買書，剩下的才用來買衣服和食物」的愛書人所寫的。

立刻來看看這本「關於書的書」裡面究竟有著什麼樣的內容。

一個名為「書狂」的呆子

怎麼樣的人會被稱爲「書狂」呢？

一八四二年，托馬斯．弗格納．迪布登（Thomas Frognall Dibdin）註二博士曾爲此下了定義。

染上書狂的病會有以下的癥狀。

收集大本的書。對於裁頁刀尚未伸入的書感興趣，想要有插圖的書，想保有高品質的皮製書。

想擁有第一刷的書。

以現代的標準來看，即使不是特別愛書，只要是對書有興趣的人，在十五世紀時會被當成一種病，還會被強制送到愚人船註三收容，真是令人不敢置信。

那麼，治療這些「書狂」，什麼方法才有效？

依當時的文獻記載，

（一）去協助公共建設的施工

（二）只讀實用性的書籍

（三）嘗試書寫史上偉大作家的傳記

以上爲書裡的舉例。

由此可以得知，以上的記載，目的在於告誡十五世紀的知識分子，以防他們因變成「書蟲」而關在房間裡，甚至偏執於自己的內在世界而忽略了公共生活。

迪布登博士曾斬釘截鐵地說，「書不是東西，」而是「知識交換的媒介」。

或許眞如博士所言，但我對於博士認爲把書當成物品收藏、把知識當成私有物品貯存是一種病的看法，卻也無法一笑置之。迪布登博士說的這些話帶有自我警惕的意味，而我自己也是

註一：伊拉斯謨斯（一四六六～一五三六），經學家、哲學家。著有《愚神禮讚》（*The Praise of Folly*）為十六世紀文藝復興運動的代表人物。

註二：迪布登（一七七六～一八四七），英國著名的書目作家，曾著有《史賓塞藏書目錄》等作品。

註三：德國詩人布蘭特（S. Brant）一四九四年的著名寓言詩《愚人船》（*Ship of Fools*）中，卷首木刻版畫中的登船者卻變成一個憨實的「書呆子」：一個不願意直接面對世界，而寧願沈浸在書中國度的人。

（上）波許「愚人船」畫作
（左下）布蘭特敘事詩《愚人船》插畫，十六世紀版畫：圖書狂
（右下）霍爾班（Hans Holbein）畫作「伊拉斯謨斯肖像」，一五二三

「書狂」之一。

詩人羅勃・貝克南（Robert Bucknan）曾如此嘲笑過「書蟲」。

鼻樑上架著眼鏡
一會兒向上推一會兒向下滑
老舊的上衣
是他們的制服
懷裡的精緻銀錶
不論下雨天還是刮風天
指針每分每秒咔嚓咔嚓的聲音
掃去頭腦裡的塵灰
在人生快要失去樂趣時
只要觸摸放在口袋裡的
古舊書本
讓思緒馳騁
眼前活生生的世界
就像影子般迷濛
在他們眼中的現實
變成半盲目的狀態
對他們來說所有的一切都是昏暗
要將他們從遙遠的過去喚回現實
必須用希臘凋謝的押花
放到他們的鼻前
如此一來
他們才終會回過神來
眞實的自己才被喚回

書的內容雖然是現實世界的隱喻，但書的實體卻不過是「純粹的紙堆」。但是，這樣的「紙堆」，卻時常讓人瘋狂，甚至時常打亂了人的一生。

不要再讓書本增加了，地球就快沉了

青少年時期，我曾經認眞地想過，「世界上最大的書」究竟有多大。

記錄中，一六六〇年阿姆斯特丹的商人曾贈送給英王查理二世一本書，現在爲大英博物館所收藏，這本書高達五英呎，寬達三英呎六英吋，據說是世界上最大的書（這本書打開後如果不使用梯子就無法閱讀）。但我曾在德州的「西半球展」裡見過一本更大的書。這本書要兩個人一起才能翻開，書裡面一個像賈克·大地（Jacques Tati）的《我的舅舅》（*Mon oncle*，一九五八）的男子，騎著腳踏車出現。

西元前一二六〇年時，尤里麻卡斯曾說過，「大本的書眞的很麻煩」，尤里麻卡斯應該已經預見「書作爲世界的隱喻」的特質。

現在，（依傑拉·唐納森所言）書的產量最大者爲美國，其次爲蘇聯。這二個國家拔得頭籌，之後依序爲西德、日本、英國、法國。

依據唐納森的資料，全世界「最偉大的作家」們：（左上至左下）列寧、高爾基、馬克思，（右上至右下）莎士比亞、凡爾納、喬治·桑

中國連前十名都沒有排進去，但最近關於書的調查越來越多。一九七八年一月時，北京的書店發表過去一百年最常被閱讀的書，是二十三年前剛被介紹到中國的莎士比亞（中譯本），似乎十分受到歡迎。

瀏覽全世界的統計（同樣是傑拉．唐納森的資料）後，可以理解賽格爾（Erich Segal）的《愛的故事》（*Love Story*，一九七〇）爲什麼是暢銷書，但沙林傑的《麥田捕手》成爲暢銷書，就令人感到有些意外了。唐納森還列出了「被世界最多國家翻譯的作家」前二十名。

依這份資料來看，最偉大的作家爲列寧（前蘇聯），依序如下：

馬克思（德國）、儒勒．凡爾納（Jules Verne，法國）、布里頓（Enid Blyton，英國）、布里茲涅夫（Leonid Il'ich Brezhnev，前蘇聯）、阿嘉莎．克莉絲蒂（英國）、傑克．倫敦（美國）、華德．迪士尼（美國）、莎士比亞（英國）、高爾基（Maksim Gorky，前蘇聯）。

之後的排名還有賽珍珠（Pearl S. Buck）、喬治．桑（George Sand）等人，但布里茲涅夫的上榜，實在讓人感到訝異。托爾斯泰沒有出現，杜斯妥也夫斯基也沒有在排名內，取而代之的竟然是布里茲涅夫，這似乎可以看出現今蘇聯出版狀況的特殊現象。

《聖經》依唐納森的調查，僅次於列寧爲第二名，如果加上沒有被計算的各種大大小小的版本，數量絕對比較多吧。

總之，每年都有許多的書不斷地被發行，但地球的紙堆卻沒有多到堆放不下的情況，實在讓人感到不可思議。

變成書的男人也會做愛嗎？

一八七七年夏天，我認識的一位紳士，搬到普林斯頓街來。

翌日早晨，他在廁所中發現了一張紙，上面印著哥德體（gothic）註四的文字。

他想知道這張紙的出處。

於是仔細尋找後又發現了二、三張紙。因此，他詢問了女屋主，得知她的父親喜歡搜集古物，他死後，她發現抽屜裡塞滿了紙條。

女主人想「反正我又看不懂」，認爲這些紙「我留著也沒有用」，於是把它撕碎當成紙抹布和廁所紙來使用。

幾乎都被使用殆盡，剩下的已經不多。

他將散落在房間裡僅有的二三張紙片拼湊起來，發現這是威廉．卡克斯頓（William Caxton）註五印刷技藝的接班人溫金．迪瓦德

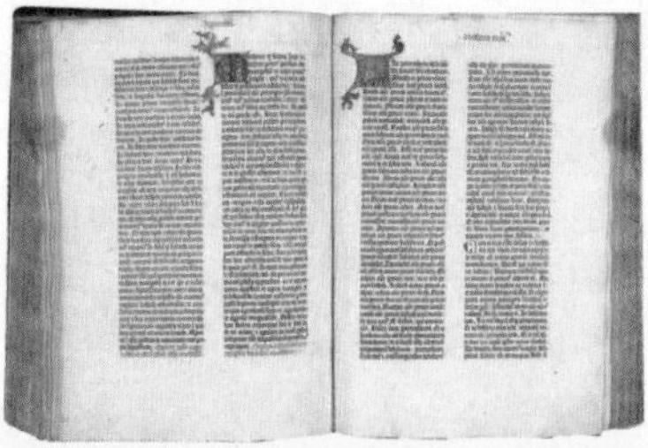

（上）古騰堡所印製的《聖經》
（下）英王愛德華四世參觀卡克斯頓的印刷廠

註四：約形成、流通於十四世紀以後，由修士們的手抄書體發展而成，常可見用於供給長者閱讀或具有宗教虔敬氣氛的讀物，尤其是早期的聖經印刷。

註五：卡克斯頓（一四二二～九一），被稱為英國的印刷業之父，曾印行喬叟《坎特伯里故事》，被認為是英國的第一本書。

> (Wynkyn de Worde)印製的貴重書籍。黑色的雕刻文字是以木版印刷的，內容則是莎士比亞《威尼斯商人》(*The Merchant of Venice*，一六〇〇)情節的參考底本之一：英國十三世紀時的拉丁文小說*Gesta Romanorum*。(唐納森)

和「書狂」相反，也有所謂的「對書一無所知」的人，對書完全不抱任何的興趣，把如此名著當成廁所紙，擦完屁股就丟掉的人也不在少數。

其中也有人變得「討厭書」，呼籲人們把所有的書都燒毀。布萊伯利(Ray Bradbury)的科幻小說《華氏四五一度》(*Fahrenheit 451*，一九五三)中，世上人口增加了三、四倍，所有的東西都快速增加，溝通被限定僅能使用電波作為媒介。在書中，連《抽煙和肺癌的關係》這類的實用書，都被認為會讓抽煙者感到困惑為理由，被丟到焚化爐裡。《聖經》、莎士比亞、愛因斯坦、《格列佛遊記》等則是被簡略為兩行字的長度，收錄在名為《必讀社交會話大全》的一本書中，成為家家戶戶必備的一本藏書。

其他的任何「書籍」則完全從城鎮裡消失。布萊伯利描寫為了「抵抗燒書」一事，有人因而將喜歡的書完全背下來，變成一個「書人」。

> 在那裡的是艾蜜莉・勃朗黛(Emily Bronte)的《咆哮山莊》。
> 然後，在對面的是拜倫的〈海盜〉。

他們吃掉了書，官員卻無法將他們燒毀。

變成書的人集結在森林裡，白天背誦著喜歡的書。只要有人要求，他們就能夠把書中任何一節的內容毫不費力地寫下來。眞是令人感到安慰啊。

但是，他們同時也是「不工作的人們」。他們沒有任何社交生活，也和他人沒有接觸。對他們來說，世界是「只存在於書中的回響」。

此外，因爲我不是一個像唐納森一樣的「書狂」，對於這本令人愉悅的《書》也抱持著些許的疑惑。

我對書的哲學是，「書」不是物，應該是事才對。

剖開冷凍魚的肚子，裡面竟然有部名著

幾年前，還是國王執政時期的時代，我曾被法拉王妃邀請到伊朗參加波斯波利斯的遺跡藝術節。

在平緩的設拉子（Shiraz）砂丘上正在建造著

（上）埃及人的古代文獻《死者之書》，被認為是人類文明史上第一本具備書的概念的著作。
（下）正在工作坊中進行裝訂工作的圖書匠。十六世紀威尼斯木刻畫

一棟十分美麗的建築物，

「那個是?」

當我這麼問時，介紹人慕斯丹法回答，「正在建造王室圖書館。」

幾年後，當我再度被邀請到波斯波利斯時，砂丘上應該已完工的圖書館卻完全消失了蹤跡。

到底是怎麼回事，我心中納悶著詢問了飯店的主任。

「圖書館是蓋好了，可是……」他吞吞吐吐地回答著，「在將書放進圖書館全館時，因爲太重了，砂丘沉了下去。你看，地面還可以看到一點點的痕跡，那就是屋頂。」

看來書的重量似乎不只是思想的重量。

我住的公寓的房東，每次來收房租時都會跟我說「二樓已經傾斜了，請不要再買書了。」

於是我重新思考了書「存在的價值」，認爲書的價值或許是爲了「從死去的過去中，找出活著的現在」而產生的行爲。世界所有的一切，就是一本打開的書。問題在於如何來「解讀」。也就是說，書並不是靜態地存在，而是在讀者開始進行閱讀行爲時才「成立」的一種無以名之的狀態。

在文章接近尾聲之前，再回到《書》這本書，來介紹一則奇異的軼聞。

一六二六年六月二十三日，劍橋的市場裡送進了一隻冷凍的魚。

一剖開魚腹，發現裡面有一本書。書已經污黑，用船員的T恤包著，被黏液覆蓋著。裡面是約翰．弗里斯（John Frith）註六所寫的宗教論文，是弗里斯在被監禁時書寫的。

被視爲叛亂者的弗里斯，長時間一直被囚禁在鄂霍次克海的魚倉庫裡，同志們受不了鹽醃魚的腐爛臭味而紛紛死去。

之後，只有弗里斯被囚禁在塔裡，一五三三年因爲不願改宗，被處以火刑而死。

被發現的書（因爲社會的狀況也已有大幅的改變），後來被有聲望權勢的劍橋人士印刷出版成書。

之後，人們才首次能夠談論一五〇〇年代時，宗教壓迫的黑暗政治內幕。這本書被命名爲《魚之聲》或是《書之魚》，現在成爲一本足以使歷史被改寫的重要名著。

註六：約翰・弗里斯（一五〇三～三三），十六世紀初英國的人道主義學者，同時也是主張宗教改革者與新教徒受難者。

（上）藏書家的書架。藏書家們把知識當成私有物品的收集、儲存行為，在許多人眼中或言行被視為一種病態，卻也因此衍生了許多新的知識與辨證性的討論。十八世紀初繪畫

（下）布蘭特的敘事詩《愚人船》插畫，十六世紀版畫

推。理小說中描繪的女性肖像

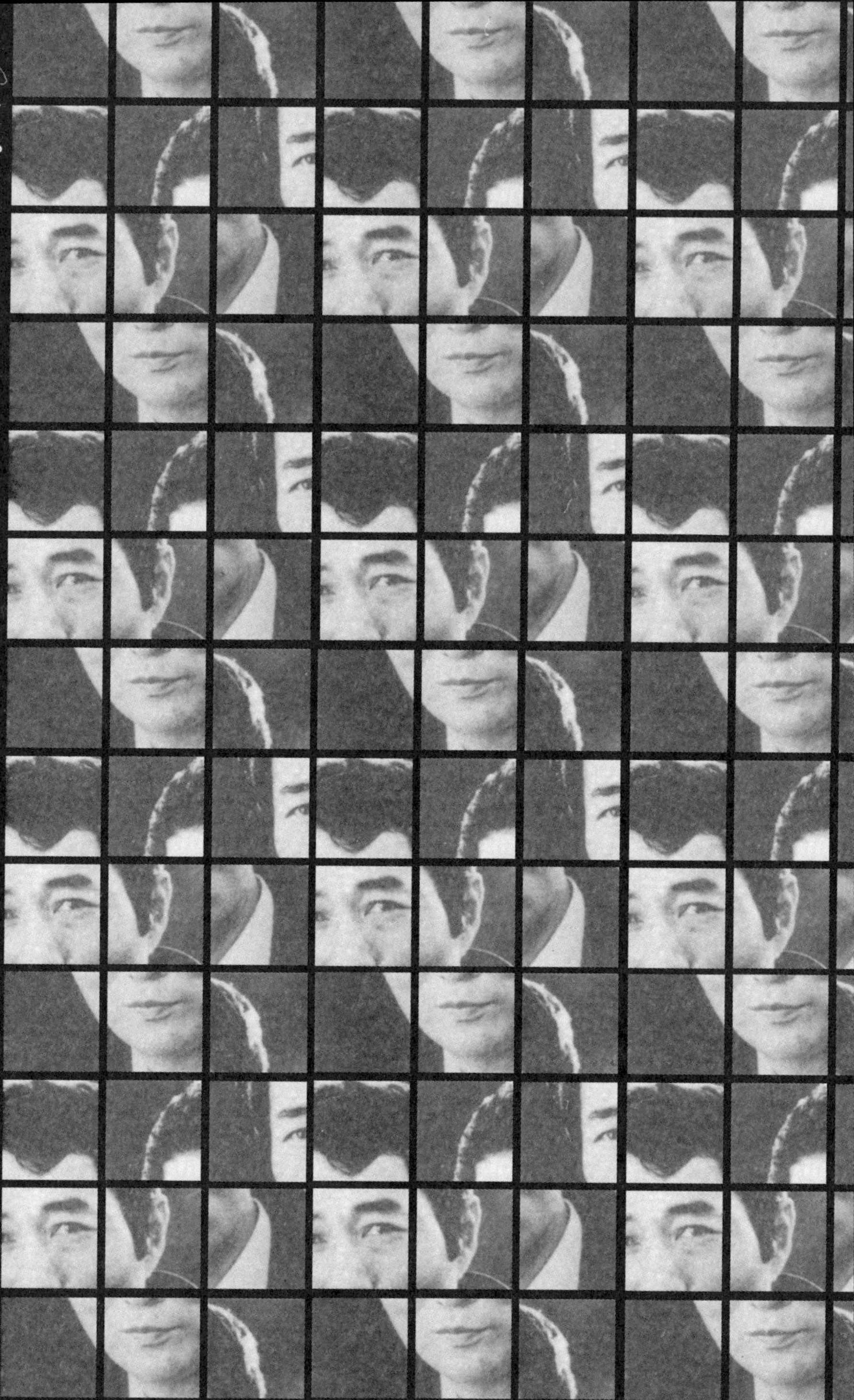

推理小說中描繪的女性肖像

紐約的私立偵探許可證的取得；私家偵探菲力普・馬羅（Philip Marlowe）和劉・亞契（Lew Archer）註一的全比較；軍用防水短上衣（trench coat）的歷史，到「珍・瑪波」（Miss Jane Marple）（阿嘉莎・克莉絲蒂創造出的老處女偵探）扮裝大賽；總統所寫的推理小說等等專題……讓讀者滿足於推理小說的世界，這些內容都是出自《謀殺墨水》（*Murder Ink*）註二。

編者黛莉絲・溫（Dilys Winn），最近又出版了可說是《謀殺墨水》的女性版本《女謀殺墨水》（*Murderess Ink*）（副標題：另一半〔better half〕的犯罪）（一九七九），得知此一消息，實在迫不及待地想要閱讀。

剛好去年的夏天，因為天井棧敷註三在美國公演，在紐約的雙日（doubleday）書店裡發現了這本書，於是立刻買下，因行程忙碌就這麼被我塞在旅行箱的角落，現在終於可以慢慢地來閱讀這本書。

後跋寫著，編者黛莉絲・溫在少女時代就是一位「偷竊慣犯」。

偷竊慣犯的少女長大後寫了什麼樣的書，讓我對這本書十分期待。

女性的演出宛如真的屍體

推理小說中，女演員最常飾演的就是屍體。

而且，死去的女人生前不是家庭教師，就是被拋棄的妻子。

爲什麼女人無法成爲名偵探，總是變成屍體？

《女謀殺墨水》的編者黛莉絲・溫寫道：「一般來說，女人被認爲只能成爲過時的間諜，理由只有一個，她們連一個秘密都無法守住。」

蘇格蘭場（Scotland yard）註四中評價最高的女性，不是間諜，而是一位打雜的婦人。但是，女人也不能一直演屍體。因此，有時女人也變身爲殺人犯。

她們主要使用的「凶器」爲毒藥。

因爲這是身邊的物品，可收藏在流理台下的抽屜。有些毒藥可栽種在庭院裡，有些可以輕易在藥局裡買到，種類十分多樣，但共同點是，這樣的殺人方法很乾淨，看來很像是「他

註一：菲力普・馬羅為雷蒙・錢德勒（Raymond Chandler）筆下主角，劉・亞契為羅斯・麥唐諾（Ross MacDonald）筆下主角。

註二：指一九七七年由英國推理小說專賣店Murder Ink老闆黛莉絲・溫編輯的參考書*Murder Ink: The Mystery Reader's Companion*，由著名推理作家或評論家從不同的角度詮釋推理作品。

註三：寺山修司一九六七年創辦的實驗劇團，是日本戲劇變革的領導者。

註四：即倫敦首都警局。因倫敦市當年成立的第一所警局，後門沿著「蘇格蘭圍場」（Scotland Yard）的窄巷而稱。

（上）改編自克莉絲蒂小說的電影《羅傑・艾克洛命案》，一九三一。不論在早期的懸疑電影或推理小說中，女性成為／扮演屍體，是常常出現的橋段；要如何加以顛覆、翻出新意，也成了女性推理小說家必須面對的課題
（下）《謀殺墨水》封面

人的行爲」。

但是，從少年時代開始一直是推理小說迷的我來說，女人在推理劇中所飾演的角色，最有魅力的就屬私家偵探的秘書了吧。

我曾經思考過。

爲什麼私家偵探的秘書都是金髮？

爲什麼她們不但頭腦清晰，而且還十分性感？

爲什麼她們總是和私家偵探之間有著愛戀的關係？（眞是令人遺憾）

而且，爲什麼她們總是使用波旁（Bourbon）風的古龍水[註五]？

有一個叫做牛頓・紐科克（Newton Newkirk）的推理迷（應該是虛構的）[註六]曾在《艾勒里・昆恩推理雜誌》（*Ellery Queen Mystery Magazine*）[註七]裡寫過以下的內容。說到人類有史以來的第一位偵探，名爲亞當。

有一天，亞當因側腹痛而醒來。

「啊，是怎麼回事……」他叫著。「誰把我的肋骨偷走了……」（人類最早的竊盜事件）

「在這裡啊。」

背後一個甜美的聲音響起。（人類最早的線索）

亞當迅速地轉身，背後一位美麗的女人。（事件發生時首次出現的女性）

「你是誰？」亞當痛苦地喘著氣。

「對了，妳手上拿的是我的肋骨嗎……但是，這到底是怎麼一回事……？」（人類最早的推理）

「是啊，我手上拿著的，正是你失去的肋骨啊。」（人類史上首次的自白）

「你在耍我嗎！」亞當斥責。「你叫什麼名字？」（人類最早的訊問）

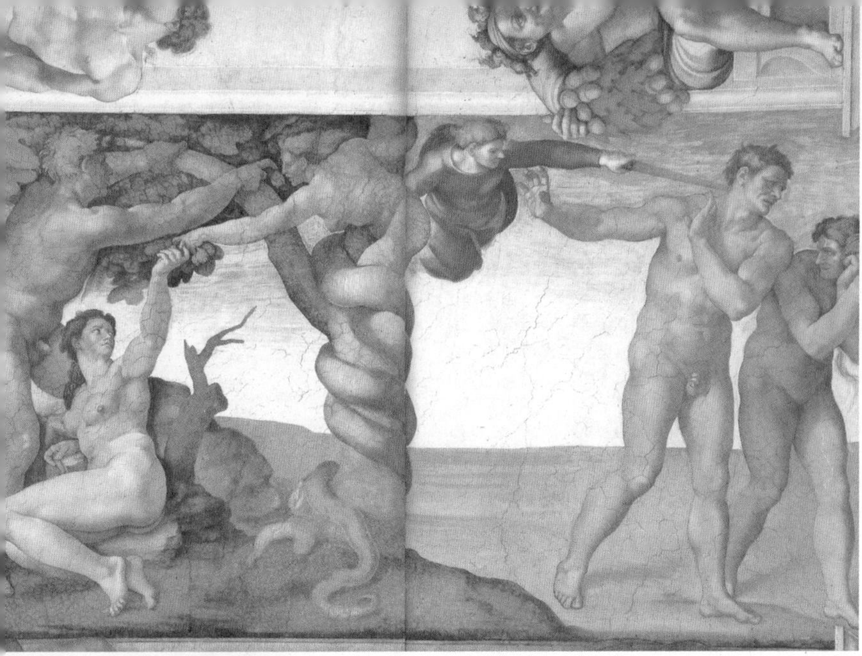

「我叫做伊芙（Eve，夜晚之意）。」

女人回答。亞當低頭思索。

「我看你怎麼看都不像夜晚，倒是讓人有早晨（morning）的感覺。」（人類最早的事實誤認）

此時，伊芙紅著臉頰離去，不久後身上穿著摩登的無花果葉又再度回來。（人類最早的變裝）

註五：法國波旁王朝的開山元祖亨利四世雅好動物性香水，並對自己身上的臭味引以為傲，其所使用的香水有別於當時匈牙利女王和梅第奇家族所用的植物性香水。

註六：寺山推論牛頓．紐科克似為虛構人物，但實際上為Clyde C. Newkirk（一八七〇～一九三八）的化名。

註七：簡稱ＥＱＭＭ，由「美國推理之王」艾勒里．昆恩於一九四一年所創辦，可說是歐美推理文壇影響力最大的一份推理刊物。

（上）米開朗基羅壁畫「」「逐出樂園」，一五〇八
（下）創辦至今仍刊行不輟的《艾勒里．昆恩雜誌》

中世紀的婦人蓄著鬍鬚

這位名為牛頓．紐科克的推理迷以推理的角度來解讀神話，寫了篇幅不短的幽默推理劇。雖然我知道後來美國作家詹姆士．瑟伯（James Thurber）曾將莎士比亞也列入推理作家，為了讓讀者能打破推理的藩籬，將莎士比亞的《馬克白》作了罕見的推理解讀。註八但是，我認為這位紐科克的亞當和伊芙的「偵探業起源」的無厘頭劇，和瑟伯相比，絲毫不遜色。

回到正題，《女謀殺墨水》的編者黛莉絲．溫，企圖反駁推理小說裡女人最常飾演的角色為屍體一事。

她寫道，「最偉大的推理不在於『誰是兇手』，而是『誰寫的推理小說』。書的封面印刷的名字，常常就是這本書中最早的假象。」

真是「他」寫的嗎？還是背後藏著一雙女人的手，幫他打字記錄下來的？如果真的是推理通的話，就會明白「他其實是她」吧。

彼得．卡契斯（Peter Curtis），事實上是諾拉．羅芙特（Nora Loft），史蒂芬．侯克比（Stephen Hockaby）則是葛蕾蒂．米契（Gladys Mitchell）註九。

安東尼．吉爾伯（Anthony Gilbert）是露西．梅勒森（Lucy Malleson），米契爾．凡寧（Michael Venning）是克蕾格．萊斯（Craig Rice），托畢斯．威爾（Tobias Wells）則是戴羅利．富比士（DeLoris Forbes）。註十如此看來，沒有一位是真的男作家。但是，筆名看似女作家的作者又如何呢？莫非「她們」才正是男作家的「魔法」（cover up）外衣？

如果「他是她」，當然，「她是他」也是有可能的。不，應該說是很正常的吧。

這裡或許意外地可以看出黛莉絲的意圖，雖然她沒有明確地說出來。對於以男性爲主的推理世界，黛莉絲想說的只是「事實上在背後操縱的有一半是女性。」

同樣地，《女謀殺墨水》裡也隱含著黛莉絲的想法，這一點可以很明確地看出。

低音大提琴盒裡的屍體是？

誰是最優秀的女性推理作家，這或許是個十

註八：指美國幽默作家詹姆士・瑟伯寫下的"The Macbeth *Murder Mystery*"，收錄於*My World and Welcome to It*書中。

註九：諾拉・羅芙特（一九〇四～八三）和葛蕾蒂・米契（一九〇一～八三）分別曾用筆名彼得・卡契斯、史蒂芬・侯克比發表作品。

註十：安東尼・吉爾伯、米契爾・凡寧、托畢斯・威爾，分別是露西・梅勒森（一八九九～一九七三）、克雷格・萊斯（一九〇八～五七）、戴羅利・富比士（一九二三～）使用過的筆名。

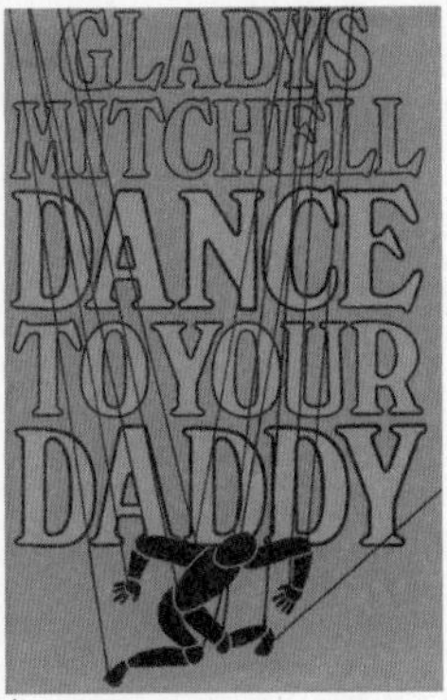

1

3

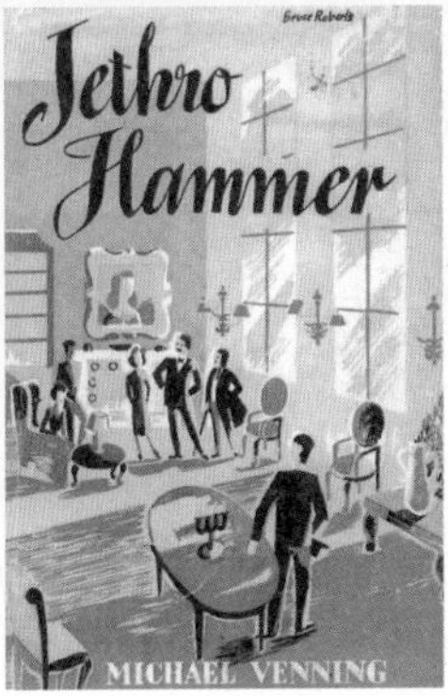

2

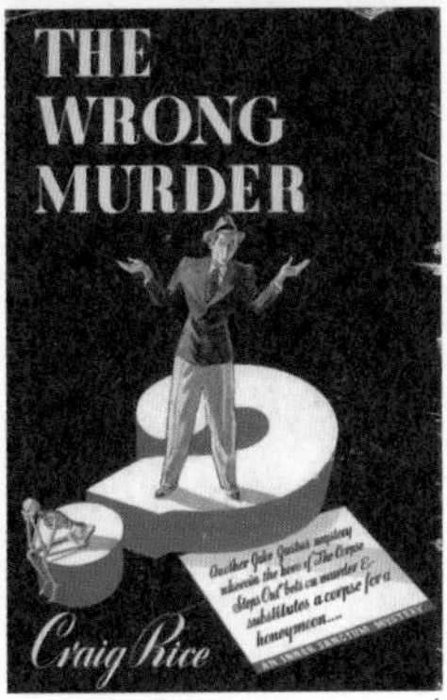

4

1 葛蕾蒂・米契作品*Dance to Your Daddy*
2 米契爾・凡寧作品*Jethro Hammer*
3 安東尼・吉爾伯作品*Die in the Dark*
4 克雷格・萊斯作品 *The Wrong Murder*

分難以回答的問題。

獲得美國推理作家協會大師（Grand Master）獎的女性作家，在過去二十七年裡共有五位。其中獲最高榮譽的，可說是第一屆（一九五四年）得獎人阿嘉莎・克莉絲蒂。

克莉絲蒂共寫了六十八本以蛋頭名偵探赫丘勒・白羅（Hercule Poirot）和頑固的老處女偵探珍・瑪波為主角的推理小說。被譯成一百零三個國家的語言，總共賣出超過四億本的克莉絲蒂，不只是女性推理作家的首席，在所有的推理作家中，她也是最受推崇的第一人。

利用鵝媽媽童謠，以平易簡單（而且是本格派[註十二]）的筆觸，編織出一個充滿詩情的謎團世界，這也是她之所以被推崇為女王寶座的原因。（順道一提的是，我選出的克莉絲蒂前三名作品為《羅傑・艾克洛命案》（*The Murder of Roger Ackroyd*，一九二六）、《一個都不留》（*And Then There Were None*，一九三九）、《東方快車謀殺案》（*Murder on the Orient Express*，一九三四）。《羅傑・艾克洛命案》的敘事者竟然就是殺手，推翻了小說的常理，充滿令人意外的發展。《一個都不留》為鵝媽媽童謠謀殺系列當中的傑作，《東方快車謀殺案》裡則是全員都是殺手，實在是奇特的發想。）不論怎麼說，她的作品裡可以讓人享受和其他本格派作品不同的大逆轉發展，這一點讓人十分難忘。

但是，如果說克莉斯蒂是推理第一人的話，或許有人持反對的意見。

例如，克蕾格・萊斯。到處宣稱美國總統也是自己書迷的萊斯，是第一位登上美國《時代》雜誌封面的女性推理作家，也是第一位發行自己的推理雜誌《犯罪文摘》（*Criminal Digest*）的作家，擁有許多筆名，而且在自己的著作裡，會寫獻詞給自己的一位怪人。

有一天，她在某個俱樂部裡看到低音大提琴的樂器盒，突然發想並說道：「如果要將死人從俱樂部裡運出去，樂器盒是個很好的工具。」

和她同行的男人回答，那樂器盒太小了吧。她回答：「如果是小孩應該可以裝得下。」

男人又說：「你不會讓小孩被謀殺吧？」

這讓克蕾格陷入了沉思。

之後，出版的名作即是侏儒謀殺的傑作《侏儒殺人事件》（*The Big Midget Murders*，一九四二）。

註十一：「本格派」在此是正統之意，而非特指日式推理類型。

1

3

2

4

1 克莉絲蒂小說《羅傑・艾克洛命案》書中插圖
2 羅斯・麥唐諾作品 *The Chill*
3 米格儂・艾弗特作品*Murder By An Aristocrat*
4 瑪格莉特・米勒作品*The Iron Gates*

除了這兩人外，還有羅斯・麥唐諾（Ross MacDonald）的妻子瑪格莉特・米勒（Margaret Millar），被公認「才華不輸給老公」；得過推理大師獎的米格儂・艾弗特（Mignon G. Eberhart）；還有以《蝴蝶夢》（*Rebecca*，一九三八）一作聞名的黛芬妮・都莫妮絲（Daphne Du Maurier）。這些都是女性，你會選誰爲女性推理作家第一人呢？

女士！妳也能成為間諜作家

繼續往下閱讀後，我漸漸發現《女謀殺墨水》沒有《謀殺墨水》來得有趣。

換句話說，身爲女性的黛莉絲，在書寫《女謀殺墨水》時，始終意識著「自己是女性一事」。

但是，黛莉絲沒有察覺，拘泥於這件事反而加深了性別的差異。

「爲什麼女性不能寫間諜小說？」

關於這一點，黛莉絲引用了英國驚悚作家肯・福利特（Ken Follett）的想法。

「女人如果寫間諜小說，間諜的故事就會成爲一條隧道，通過這條隧道後，就會發展成愛情故事。女英雄經由和男人的關係，看透男人是認眞的抑或是虛假的？又爲什麼對她說謊？只能往這樣的方向發展。」

「男人追求權力，女人自身沒有力量，而是追求擁有力量的男人。」

黛莉絲如此思考。現代的女性不再只是扮演主婦、母親的角色。激進的女性主義者們，盼望著讓女性發展出新的角色。

或許眞是如此吧，我也思考著。但是，這樣的「正確論點」確實也讓本書變得無趣。雖然不是肯・福利特寫的，但寫出「男人從門口強行闖入，嘴上咬著原子筆，用聽不清楚的低沈聲音說著：『接通第四頻道！』（Open Channel D）註十二是男人的樂趣。」這樣的句子，可以說是活用了福利特的觀點。

我會認爲，有這種觀點的女人或許本身就缺乏想像力吧，雖說沒有必要對國際政治十分了解。海倫・麥考妮斯（Helen MacInnes）等女作家雖然不精通國際政治，也同樣能成爲成功的推理作家。如果妳身爲女人，並且想要書寫間諜小說的話，首先，不要拘泥於自己內心的一面。只要走出密室，從那一天起，誰都能成爲間諜。

間諜不正是沒有影子的，一個徹底把家丟棄、頭也不回的人？

在錢德勒作品《大眠》，偵探馬羅受僱處理一起勒索事件，不料愛上客戶的美艷女兒薇安。此為電影版劇照

註十二：此句為一九七〇年代熱門的間諜影集*The Man From U.N.C.L.E.*中的主人翁與紐約總部聯繫的口令。

愛馬者的知識畫報

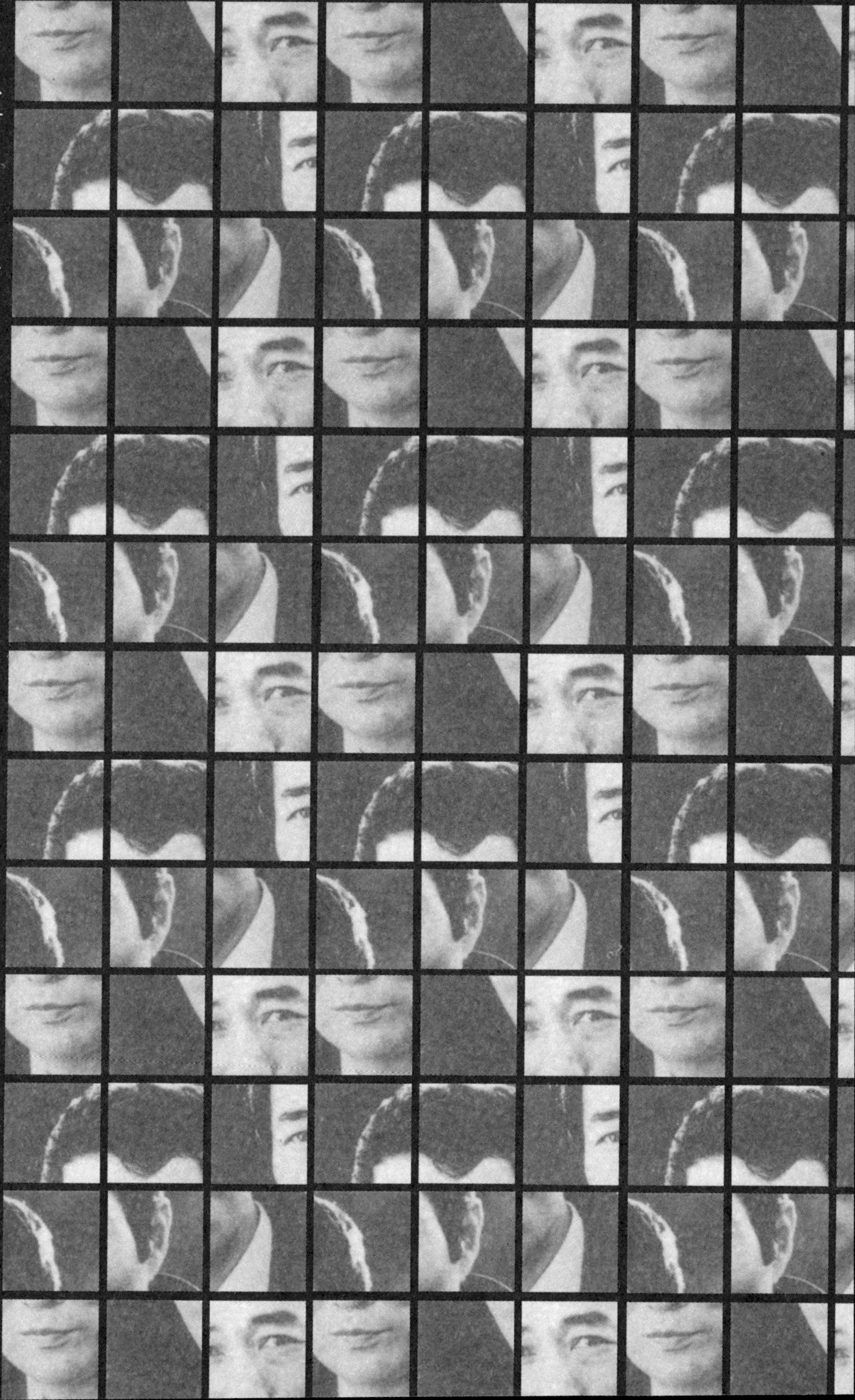

愛馬者的知識畫報

說到馬，不一定全是賽馬的事。

《繪馬》（*The Illustrated House*）是一本收藏了以馬為描繪對象的名畫的畫集。

隨意翻閱，達文西、烏切諾（Uccello）、傑利柯（Theodore Gericault）和德拉克洛瓦（Eugene Delacroix）、竇加（Edgar Degas）等畫家的名字並列著。

這本畫集，是一位以倫敦的後街生意人（back street business，「巷尾的實業家」，也就是流氓）為對象的酒吧「book maker」裡的少年阿朗送給我的。

和阿朗是在愛普生（Epsom）註一賽馬場上認識的，那時的他曾說過，「雖然現在我只是名默默無聞的賭馬混混，但是將來我一定會成為倫敦第一的馬匹專家。」

馬屬（Equus）帝國的一二三註

《繪馬》雖然是馬的畫集，但其中穿插查爾斯・史帝芬的文字卻讓人讀得津津有味。例如：

人類的記載文獻中，最爲古老的不是宗教經典，也不是商業交易文書，而是約紀元前一三六○年時的西臺帝國二輪戰車（馬車）的專門訓練指導手冊。

或者像是：

第二天，要緩步走（慢行）一里格（league，三公里），快走二方里格（furlong，八分之一公里）。

飼料爲草二綑、苜蓿一綑、大麥四綑。一整個晚上讓馬匹自由吃草。

第三天，緩走二里格、快走三方里格、再以緩走二分之一里格回來。白天讓牠喝完水後，就給牠綠草的飼料。

第十一天時，全身塗油。

西元前一七五〇年，西臺人因訓練了能夠拉二輪車的馬而征服了埃及，將法老王逐出，建立了一個長達五世紀的王朝。依歷史書所記載，西臺人因為騎馬技術高超而大勝巴比倫和亞述。

馬和戰車的機動性，還有文化運輸所帶來的實質利益，讓西臺人實現了建立長久大國的夢想。「這個國家在長期戰爭中所獲得的，是由馬所組成的商隊和產業」史帝芬這麼寫道。

但是，即使是西元前的事，馬的軍事力量是否

註一：該鎮位於倫敦以南，是占地六百英畝的南丘（South Downs）所在。世界著名的德比賽馬（Derby）就是在Epsom跑馬場舉行。

（上）法國畫家傑利柯畫作「愛普生賽馬」，一八二〇
（下）達文西素描「馬」，一四八〇

眞有那麼大的實際效益，實在很難想像。（以我來看）戰爭中馬所扮演的角色，應該在心理層面上的東西居多吧。

其他的文獻中還有記載：

> 最早被飼養的馬，不是乘坐用的馬車，也不是拉貨物用的。馬被裝飾以華麗卻派不上任何用場的武器，爲的只是讓馬在行進時看起來十分莊嚴。

戰場上的指揮官，即使是小個子，沒有威嚴的男子，只要坐上高高的馬背，立刻成爲「移動的王座」，可以俯瞰全場，如此一來，心理層面上就有一種錯覺，似乎立刻能成爲具有超強能力的眾人之父。

畫集裡收錄了法王路易十二乘坐在戰馬上，進入義大利的熱那亞的插畫。從這張插畫來看一五〇〇年代的戰爭，就可以想見其散漫的程度，幾乎都是不實用的東西。馬的周圍有四位隨從支撐著華蓋，馬身上穿著裝飾性的衣物，路易十二還戴著看起來很重、在戰場上完全是多餘之物的王冠。

這些配備都是讓路易十二這樣的「中等身材的一般指揮者」化身爲超人的裝備。馬所具有的機能，不過是爲了象徵王位的表演道具罷了。

古人為什麼要在洞窟的壁上繪馬？

隨著古代國家的衰退，軍事用的馬也消失了蹤影。

但是，在亞洲還殘留著許多武裝的騎士。例如，統治蒙古人的成吉思汗，他軍隊中的馬兵，地位和今天的醫師一樣高，是足以誇耀的高地位身分者。此外，據說成吉思汗爲了提高自己的形象，也十分重視馬夫的工作和馬具的裝飾等等事宜。

不太有實用價值的馬，到底爲指揮者的形象提升，帶來了多大的效果？難道只是因爲馬的高挑俊美，但美眞的具有如此的力量嗎？似乎很難想像。

亞洲所發明的馬鞍後來傳到歐洲。歐洲傳說中的騎士模樣，是在卡爾（Charlemagne-Karl）國王註二之後才出現。在此之前，騎士在騎馬時必須一手抓著鞍的前緣或是馬的鬃毛才行。

亞洲馬鞍傳入後，騎士才得以騰出手來握槍。可以使用槍和弓後，當然騎士全身也必須要有武裝配備才行。全身穿上鐵鎧甲的騎士，增加的重量至少超過八百磅。

而且，因爲裝備很重，所以只能慢步行走，樣子實在很不好看，簡直是接近畸形。漸漸地，騎士原本所具有的敘事詩般的美的形象，已蒙上一層陰影，騎上馬鞍，更是和威嚴的魅力相距甚遠。

註二：就是開創神聖羅馬帝國的法蘭克王國卡洛林王朝的查理曼大帝（七四二～八一四）。

（上）路易十二騎馬遊行（一五〇七年）
（下）十七世紀法國畫家皮耶・帕蓋（Pierre Puget）畫作「凱龍對阿奇里斯的教導」（The Education of Achilles by Chiron），一六九〇

（如此看來，只有大型的馬才能負荷身穿鐵鎧甲的騎士。以現在的馬的體型來看，接近於安德涅〔Ardennais〕、佩什隆〔Percheron〕、克萊茲代爾〔Clydesdale〕等品種的馬。）

馬對我們來說，與其說具實用性，不如說其外觀之美對人類有更大的貢獻，或許有不少人對於作者這樣的看法持反對的意見吧。

事實上，在農耕和交通上，馬爲人類帶來的貢獻可謂不少。但是，我在想，我們的祖先用拙劣的線條在洞窟裡描繪馬的姿態，說他們是爲了讚美馬所帶來的實用性，似乎很難說得通。古代的人們在沒有語言的時代，就將夢想寄託在馬的身上，並且一直對馬抱持著憧憬。

這是什麼原因？

因爲馬很美的關係吧。

從尼安德塔人（Neandertal）註三時代的長毛馬到近代的「特利卡」（Trigger）、「西爾巴」（Silver）、「福里」（Fury）等「神駒」（wonder horse），幾千年的歲月，反映著每個時代的幻想和憧憬，並且回應了人們對馬所抱持的美感印象和馬所代表的活力形象。

馬依各個時代的不同要求而被「改造」。

希臘的半人馬肯塔洛斯（Kentauros）一族，是古代傳說的怪物中唯一具有所有美德的動物。其中著名的「凱龍」（Chiron）將醫學、音樂、狩獵的技術傳給人，並且教導人們預言的科學。

馬自身只不過是一種動物。但是，因爲和騎士之間的關係，讓騎士之間「變身爲不同的人」，或許可說馬擁有不可思議的魔力。

將軍、騎士、牛仔，到騎在小馬上比賽馬球的女繼承人，跨坐在馬鞍上的騎乘者，總之只要一蹬上馬鞍，坐上馬背，立刻成爲完全不同的人

（而且是比原來的自己還要高貴且了不起的人）。（查爾斯・史蒂芬）

名馬特利卡竟然有二匹

少年時代的我，是羅伊・羅傑斯（Roy Rogers）的西部電影迷。

但是，嚴格說來，我並不喜歡羅伊・羅傑斯這種全身滿是裝飾物品的「表演的牛仔」，而是喜歡他的愛馬「特利卡」。

特利卡是一匹像「目白阿薩姆」（Mejiro Asamu，日本的馬名）、體格健碩的灰毛馬（gray horse），不論什麼危險的場面牠都能夠敏捷地化解。

但是，之後到好萊塢訪問時，和馬場的主人談論到特利卡時，主人說出了讓我十分驚訝的「事

註三：尼安德塔人是大約八萬年前的人類，一八五六年時，因頭蓋骨在德國尼安德塔河谷（Neandertal）出土而得名。

安娜・索爾（Anna Sewell）的少年小說《黑神駒》（*Black Beauty*），一八七七。故事以一匹黑色駿馬的第一人稱觀點，描述自身充滿波折卻感受豐富的一生，以及與主人間的深摯友情

實」。

事實上，演出危險場景時的馬並不是特利卡，而是另一匹長得十分相似的替身馬（stand horse）。

在好萊塢，就如大明星會有替身演員一樣，受歡迎的馬也有替身。然後，知道實情的影迷們，開始以猜測在什麼場景的哪一個鏡頭是替身馬的演出爲樂。

在聽到這番話後，替身馬開始在我的心裡飛馳。我幻想著或許「第二匹特利卡」，將永遠成爲影子馬。然後，這「第二匹特利卡」也將永遠不爲人知地從銀幕上消失。

（不曾公開上映的）《惡魔之馬》（*Le cheval du Diable*）這部電影裡出現的馬「吉斯可」，把惡漢趕跑、大跳獨舞、和北極熊打鬥、將困在燃燒的塔裡大哭的孩子救出來。這樣的劇碼爲初期電影的經典之一，是受大家喜愛的「全家必看」名劇。

一八九八年時，愛迪生公司的《跛腳克里克酒吧》（*Cripple Creek Barroom*，亦未公開播映）的短片，幾乎具備了後來西部片裡經常使用的創意元素。以野生馬雷克斯（Rex）之名，成爲初次登上大螢幕的個人馬（personal horse），至少演出了五百集的系列作品，演出的演員雖然不太爲人所知，但「銀幕上活躍的馬」卻成爲焦點，這和粒子粗糙的黑白畫面可說不無關係。

無聲的初期電影，只能呈現出相機式的效果，演員的臉根本很難分辨清楚。因此，巨星般的焦點總是在馬身上，也加強了和其他演員的差異。

隨著影片的畫質越來越好，馬的鋒頭才被演員給搶了。朱內・奧特雷（Gene Autry）的「冠軍」（Champion）、羅伊・羅傑斯的特利卡、肯・梅拉多（Ken Maynard）的「泰坦」

（Tarzan）、隆・羅傑（Lone Ranger）的西爾巴等都是和巨星同樣受到歡迎的名馬。

現在，對馬除了要求其外貌姿色外，更被要求要有演技。

例如，讓我們來回想一下《狼城脂粉俠》（*Cat Ballou*）的其中一幕。主人李・馬文（Lee Marvin）因爲嚴重的宿醉而失去意識靠在牆壁時，他的馬也和他一樣因爲宿醉而腳軟跪下，頭還往前倒並且眼神迷濛，展現了「精湛的演技」。

終於還是要談及純種馬

話說回來，馴化的家馬（*Equus caballus*）改良，幾乎都是靠人工來完成的。

爲了創造出嚴選的良馬，人類在四千年間，有計畫地改造馬；如果從馬所具有的美的社會性本質來看，或許是繞了一大圈。

純種馬（thoroughbred）是爲了軍事目的而被改良的，標準馬（stardardbred）則是被用於「汽車尚未發明時代的搬運用」的馬。巨大的比利時馬（Belgian），是爲了能夠支撐二百磅的裝備而被「改良」的；多目的使用的摩根馬

（上）被稱為「唱歌牛仔」的羅伊・羅傑斯，在與自己同名的畫刊雜誌上當封面人物，可見當時受歡迎的程度
（中）羅伊・羅傑斯與他的愛馬特利卡
（下）深受十九世紀倫敦淑女們歡迎的輕型馬車，女性們也可以輕鬆地駕馭

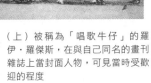

（Morgan）的「改良」，則是爲了因應新英格蘭的農民工作所需。

一般意義上的「完整的馬」，標準爲豐美、圓潤、平衡，臀線漸趨瘦削。畫中的馬被描繪成背部短、胸部豐厚深長，而且肩膀的曲線圓滑。據某位專家所言，從正面來看，最好是下方有點豐腴，看起來要像一顆蛋的形狀。良種的馬，有著像弓一樣的細長靈活的脖子，且頭形的骨格十分明顯。

現代生活從許多的機能性中被解放，「改良」馬的目的當然也跟著相異。

例如，競賽用的馬更被要求同時具有速度和美的特質。

純種馬本不是用來騎乘的，而是讓人們滿足對牠的「幻想」，因此光跑得快是不夠的。「深山」（Sinzan）雖然足以誇耀爲史上的無敵馬，但卻沒有什麼人氣，「明隨」（Meizui）和「長聖子」（Haiseiko）雖然輸了比賽卻贏得了高人氣，原因就是牠們很美。

順便一提的是，數年前我獲得數十位賽馬記者、賽馬迷、評論家的協助，做了一份「日本史上前十名最美的馬」的調查，結果如下：

一、明隨
二、日本皮諾耶斯（Nihon pillow ace）
三、高天原（Takamagahara）
四、基斯頓（Key Stone）
五、勿忘我（Myosotis）
六、速辛勃（Speed Symbol）
七、兒玉（Kodama）、深山
九、時之實（Tokino Minoru）
十、蒙大山（montasan）、山彼德（yama pit）、明治光（meijihikari）

十名以外的還有龍月（ryuzuki）、珠美（tamami），島津伊久（korehisa）、白泉

（white fountaine）、白雪（hakusetu）等。

在這裡無法針對純種馬做細詳的論述，馬的改良歷史無非是一部費盡心血的血汗歷史。官方的*British Staid Book*（英國血統記錄）中，記載著對品種改良有極大貢獻的一七八匹主幹馬（公種馬）和七十八匹母馬。

在日蝕時出生，一生之中沒有失敗紀錄的「艾克力普斯」（Eclipse），因爲「一舉成名」且「個性惡劣」，所以吸引了很多貧困的迷。有著最強的馬稱號的曼諾瓦（Man O' War）血統的「日本皮諾耶斯」，和喪失記憶的賽馬手一起從達比的馬群中消失……

我們賭在賽馬上的心情，和古代人在洞窟的壁畫上，描繪著「還沒見過的夢中之馬」的浪漫情結，或許有著相通之處。

一談到純種馬，可能一萬字的篇幅都不夠我寫，所以就此停筆。

（上）倫敦德比賽馬，賽事終點前的盛況
（下）十九世紀的倫敦，賽馬選手在眾人簇擁中進入賽馬場

受虐狂電影民俗學

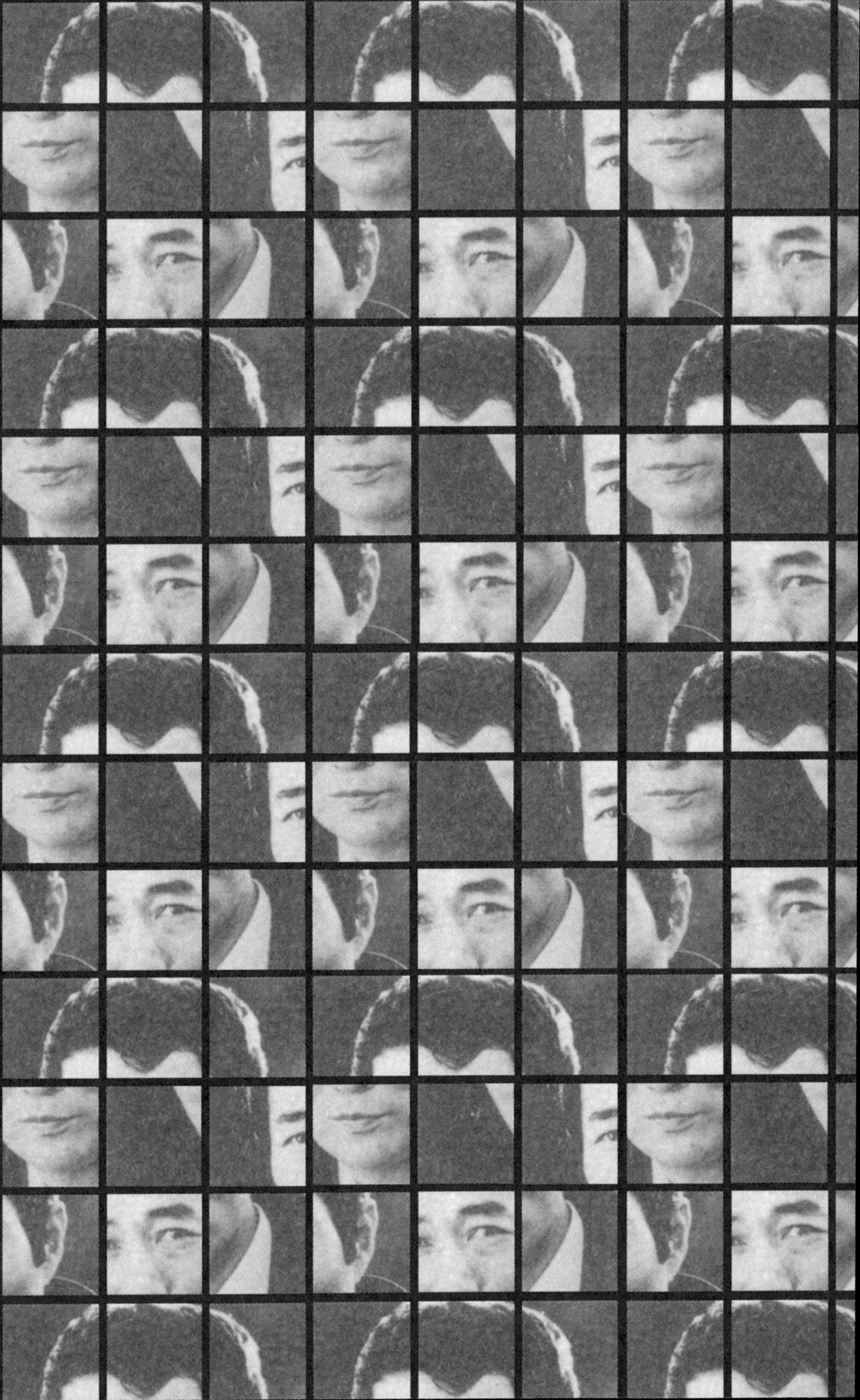

受虐狂電影民俗學

我發現了一本珍奇的書《電影裡的受虐狂》(*Le masochisme au cinema*)。

作者為尚・史特列夫(Jean Streff),由亨利・維利耶(Henry Veyrier)出版,出版時間為一九七八年,算是滿新的書,瀏覽目次後,內容如下:

第一章「來虐待我吧,讓我來教你受虐狂的樂趣」,

第二章「為什麼電影裡面會有受虐狂」

……以下省略,共分十八章,詳細分析了SM電影,每一頁裡還收錄了這些電影的宣傳照片和插畫。

這位用心的評論家,從我們無法想像的視點角度,試圖去思考我們這個患了近代主義之病的社會現況,我立刻開始閱讀這本書。

喜歡帕索里尼的《索多瑪一百廿天》嗎?

女主角的裝扮和道具如鞭子、靴子、馬刺,還有面具等,這些已不再能引發受虐狂電影愛好者中多數觀眾的興奮。

史特列夫如是說。

在《情婦》(*Maitresse*,一九七六)中,滿臉鬍鬚的紳士們跪在女主人腳下請求原諒、將她的襪帶釦扣好的時代,已經變成遙遠的過去式。

在拿破崙三世風格的長椅子上揮著鞭子時,女人們依慣例會身穿黛安娜・史萊普公司的內衣;糞便虐待狂們的「儀式」中則少不了陶器製成的便盆(omar)。

相對的,一九三〇到四〇年代,可以說是受虐狂電影的第一個黃金時代,但事實上,看起來幾乎都是相似度很高的類似作品。

薩德作品《茱麗葉》（*L'Histoire de Juliette*）初版本內頁插圖，一七九七

《拷問》（*Supplices*，一九三八）中，鏡頭前不知道是誰的手對兩位少女施加笞刑。二位少女就像無法抑壓興奮之情一般地撲上前，「被丟到床上，像活生生的魚般」蹦蹦亂跳。此外，在《懲罰的莊邸》（*Manoir des chatiments*，法國，一九四八）中，被監禁在處罰館籠子裡的侍女，像小貓一樣發出叫聲以表示對女主人的忠誠。

但是，這類受虐狂電影，史特列夫認爲和其他文本類型（如同時代的受虐狂文學，或阿朗．馬克．克里特、約翰．維傑瑞、約翰．德拉布克等的受虐狂故事描寫）相比，同質性實在太高了。

史特列夫舉出的第一個理由是，這些導演們都不是受虐的癖好者。因此，他們用貧乏的想像力，勉強地將受虐和快樂結合。

這些唐突的情節，與其說是煽情，不如說更具喜劇性格。不論是演員或是導演之所以會選擇拍攝受虐狂電影，都只是爲了賺錢，電影本身其實缺乏眞實性。最早發現這件事的是巴貝特．史洛德（Barbet Schroeder）。

史洛德在自己所導的《情婦》中，去尋求眞正的受虐癖好者的意見，並且研發服裝、裝飾物、飾品等道具。

但是，拍攝出來的作品卻不一定能讓人滿足。因爲「觀察」受虐狂生態的角度太過明顯，讓電影裡受虐過程的情欲表現反而像是陰影般模糊，無法彰顯。

史特列夫寫到，受虐狂電影裡將受虐題材表現的最成功的，可能只有戰後的地下電影吧。

翻開一九六七年十一月號的《花花公子》（*Playboy*）雜誌「電影的性史」特輯，在全是只拍給男人觀看的哥兒們照片（stag picture）中，幾乎被一般的正常性愛電影劇照獨占。相對於此，以嗜食糞便的受虐行爲作爲題材的電影，幾乎只限於地下電影。（當然，帕索里尼（Pasolini）的《索多瑪一百廿天》〔*120 days of Sodom*，一九七五〕這種極稀有的例子除外。）

而且，地下電影的拍攝幾乎都是眞正的受虐狂行爲。相對於此，「電影院裡放映的主流電影」中，描寫的都是「以一種令人討厭的獻祭品姿態當作媒介來製造的間接效果，或是刻意地用戲劇化手法來表現的情況」。

被虐狂創造了指導者

我會儘快去妳家，在一百個小時之內，裝扮成女人，戴婢女的帽子，聽從妳的使喚，完全遵從妳的指示。

也可以做更污穢（洗衣服、刷鍋子等）的事情。

從早到半夜任由妳使喚，讓妳以鞭笞或棒子處罰。

如果妳認爲我缺乏服從心，或許也可以把我關在黑暗的小房間。

房間很小也沒關係，裡面有粗糙的床和桌子，還有一張白木椅子就足夠了。糧食只有水，三餐只給一碗湯也沒關係。

這是一位身為受虐癖好者的德國中年學者寫給《情婦》的信裡面的精華部分。

史特列夫說道，他在寫這封信時，應該有思考電影裡的角色扮演吧。而且，以受虐癖好者的角度來說，在寫電影劇本，將之具體化（也就是導戲）時，主角的演技裡如果少了下列條件的其中一項就是不完全的。這似乎是他的言外之意。

史特列夫主張受虐狂作品有三個必備的元素。一為想像（劇本）、二為懸疑（演出）、三為展現（演技）。

這和希區考克所說的電影三要素完全相同。那麼，或許有讀者認為被虐待癖好也是一樣的吧。的確，佛洛伊德曾說過「虐待狂（Sadism）並不是被虐狂（Masochism）的延伸，而是一種所謂的性對象的置換。」

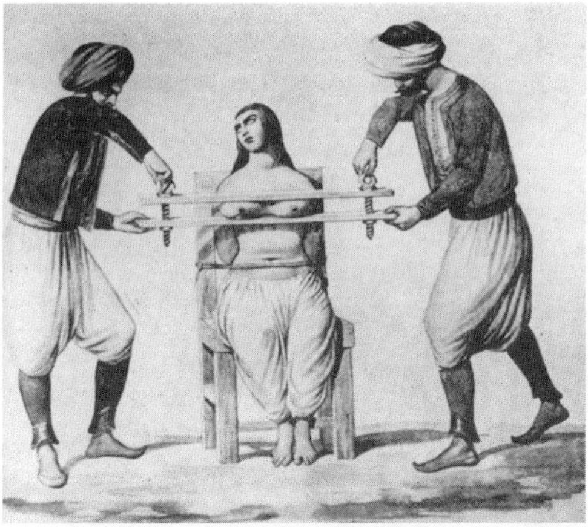

（上）二十世紀中，英國的施虐狂插畫場景
（下）關於審判異端、盤問魔女的諷刺漫畫

但是，虐待狂和被虐狂之間，有著很大的差異。

換言之，虐待狂會想盡方法來虐待對方，不論是用鞭子打或是將之綑綁，這些都是需要勞力的。

虐待狂的樂趣在於勞動的快樂，還有縱情發洩到筋疲力盡的快樂。

但是，被虐狂卻是任由對方擺佈，只要做著白日夢即可。被虐狂才是眞正的貴族的享受。完全「任你遊玩」的一種遊戲。

這是我在書寫電影《支那人形》（一九八〇）的劇本時，一邊在腦海裡描繪著的被虐狂哲學。以上海的娼妓院爲舞台，讓軍人和少女娼妓「遊戲」的場景中，演員所說的眞實對白。

一九七六年拍攝的少數臨床受虐狂電影《情婦》中，以巴黎的古老公寓爲舞台。

在隨時可拆除的樓梯下，顯現出「人類大腦的無意識底層」。在這裡，「過度熱情的患者們」，付高額的金錢讓鎖鍊鎖住，被鞭打到出血爲止，甚至是扮成馬。但是，樓梯上方卻是十分普通的日常現實生活。支付報酬的客人是站在上等的地位的。

這情況在路易斯．布紐爾的《青樓怨婦》（*Belle de jour*，一九六七）中，也是相同的。飾演貞潔嫻淑人妻的凱薩琳．丹妮芙，雖然被粗野卑下的勞動者們綁起來，遭到毆打，但在電影裡的描寫十分模糊，分不清到底是現實還是夢境。

在提到爲什麼人會被受虐狂所吸引之前，先來試著思考「怎麼樣的人才會變成受虐狂」，或許有幫助。

十七世紀到十八世紀時，據說在英國，常光顧專門的受虐淫宿院的，幾乎都是上層的指導階級的人們。

嚴厲的宗教裁判所拷問室裡的學者或司法官員，也化身爲常去光顧淫宿院的常客。據說當時被稱爲「鞭打者」的科列特夫人的常客，就是喬治四世。

但是，即使如此，指導者們喜歡受虐「遊戲」的想法或許很早就存在著。

不是指導者愛好受虐，而是受虐的嗜好創造出指導階級。

十八世紀時妓院中的性虐待場景

請在金色的湯匙上，放上你的糞便

Dr.X是一位社交界的名人，爲了女人投入許多的財產。

托無政府主義者之福，他受到寄生於上流社會人們的極度尊敬。因而沒有人察覺到他擁有這種變態的癖好。

Dr.X把小盤子和金色的湯匙放在自己身上，拜託少女們把糞屙在盤子上。

然後，他用這個金色的湯匙吃起盤子上的糞便。

這是梅茲巴赫舉的一個例子。因穢語症（coprolalia，無法控制或不自覺地使用具有骯髒、粗鄙或猥褻意味的話語與腔調）而聞名的一位人們十分熟知的俄羅斯大公爵，他所雇用的「情婦」也透露，她總是不得不把自己的糞便屙在公爵的胸膛上。由此可知，食糞在受虐狂的幻想中似乎佔著十分重要的地位。

電影《粉紅弗朗明哥》（*Pink Flamingo*，John Waters執導，一九七二）中，有「世上最令人作嘔」綽號的迪維內（Divine）吃狗屎的場景。此外，令人想起維也納的地下電影界的奇才干特・布魯斯（Gunter Brus）的短片中，曾介紹過關於人類便器的許多軼話。

這樣的穢語症者，曾極端地認爲自己想變成便盆和洗便器的漏水孔。著名的受虐狂小說作家加爾丁在《女人的屁股下》中曾有過以下的描寫。

晚餐之後，二位女主人開始下西洋棋。兩人面對面坐在椅子上。

支撐中間桌子的是女婢們，桌上則是一個被綑綁的全裸男僕。

這位全裸的男僕之所以被選中，是因爲他擁有和女人一樣的渾圓屁股。男僕的屁股上畫著白色和黑色相間的西洋棋盤。

西洋棋上附著尖細的針，將棋子插在活生生的人肉上當做遊戲。

幾年後，美國設計師亞倫・瓊斯（Alan Jonse）製作了人形家具，要說這是在訴說著潛在的被虐心理，果眞是對極了。

日本在沼正三、天野哲夫等人創作出小說《家畜人鴨俘》時，受虐狂的耽美哲學可謂到達顛峰，也被一般人眾所熟知。我的電影《草迷宮》、《支那人形》，還有演劇《奴婢訓》等，也時常有人類馬和人類犬出場，這些在受虐狂的世界裡都被稱爲「動物人」（zoo mimic）。

愛米爾・左拉的《娜娜》（*Nana*，一八八〇）裡出現的喜歡模仿狗的摩斐特伯爵，增村保造的電影《痴人之愛》（一九六七）裡完全順著直美的「我」、約瑟夫・史特里克（Joseph Strick）的電影《陽台》（*Le balcon*）裡愛瑪夫人（Madame Irma）的投宿旅客等，提到動物人（zoo mimic），能聯想到的例子不在少數。

按史特列夫所言，動物人和想扮演奴隸或男僕的受虐癖好者不得不加以分類。

1

4

5

3

6

1 珍・羅素
2 葛麗泰・嘉寶
3 拉娜・透納
4 神秘女郎桃樂珊・拉摩
5 蛇女妮妲・娜蒂
6 海蒂・拉瑪

這裡令人想到的是朱利安・杜其維（Julien Duvivier）的《惡魔般的女人》（*Diabolique-ment votre*，一九六八），飾演「完全著迷於洞穴」的亞蘭・德倫（Alain Delon）的精湛演技。當然，包括路易斯・布紐爾的《中產階級的拘謹魅力》（*Le charme discret de la bourgeoisie*，一九六二），受虐癖好者登場的電影不算少，但都不比不上比利・懷爾德（Billy Wilder）《日落大道》（*Sunset Boulevard*，一九五〇）中在妻子發狂後仍「持續扮演」服侍她的男僕角色的艾利克・施特羅海姆（Erich von Stroheim）的演技更出神入化。

在還沒談到珍・羅素[註一]之前

特麗莎・巴克雷（Teresa Barclay）在一九二八年春天發明了著名的「巴克雷的馬」（Barclay's horse）。這是一種讓男人爬到梯子上，並且將之綑綁，只剩下手和性器能自由活動的道具。

特麗莎・巴克雷和這匹「馬」雖然讓訪客在使用過程中享受到至高的滿足感，但是，特麗莎如果是個虐待狂的話，這些快樂應該馬上就會煙消雲散吧。

虐待狂和受虐狂之間產生的「習慣性的遊戲」並不是眞的。受虐狂希望在對方每次的「玩弄」中，得到某種驚奇；而虐待狂並不是要尋找安於受虐快樂的「異常者」。

受虐癖好者持續地尋找夢想中的「情婦」——蕩婦（vamp）。

談到這個系譜時，很遺憾地本篇文章也將接近尾聲。愛莉絲・荷絲特（Alice Hollister）和蒂達・芭菈（Theda Bara）、貝蒂・南森（Betty Nansen）並列爲肉體美人。

一九一〇到二〇年和義大利電影歌后莉達・波露妮並列爲最有魅力的女性是弗朗契絲柯・貝爾契妮。

然後，「阿爾卑斯山另一邊的（法國）電影中，據說要見識女人的殘酷，非皮娜・梅里契里莫屬」，被稱爲「恐怖的皮娜」，我只看過照片。依我個人所知的範圍，有瑪琳・黛德麗（Marlene Dietrich）、瑪麗・蒙丹（Maria Montez）、普西拉・汀（Priscilla Dean）、葛麗泰・嘉寶（Greta Garbo）、珍・哈露（Jean Harlow）、海蒂・拉瑪（Hedy Lamarr）、蛇女妮妲・娜蒂（Nita Naldi）、「豹女」露易茲・格洛姆（Luiz Groom）、葛洛麗亞・史璜生

註一：珍・羅素（Jane Russell），美國五〇年代時以性感的美貌和體態知名的女演員。

1

4

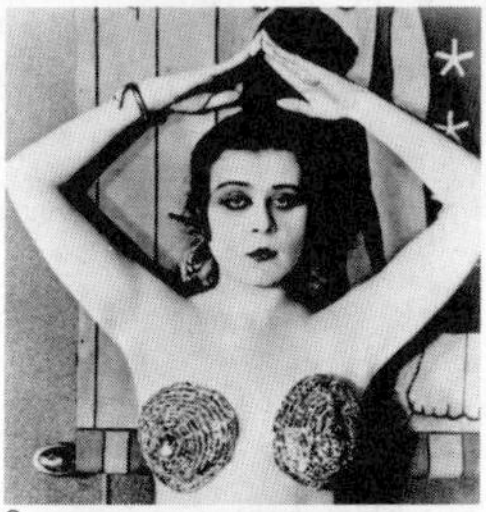
2

5

3

6

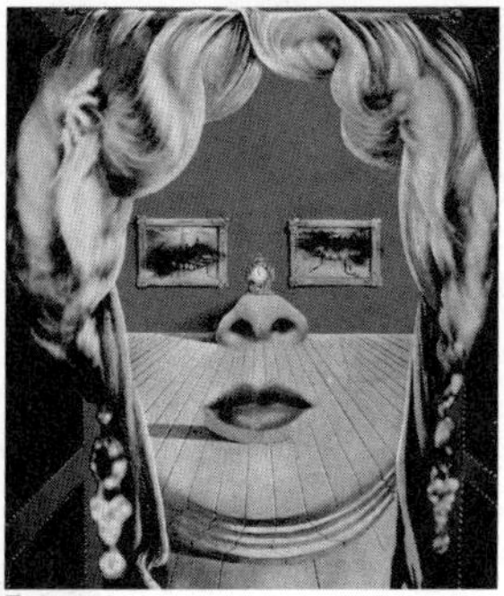
7

1 珍・哈露
2 蒂達・芭拉
3 瑪麗・蒙丹
4 葛洛麗亞・史璜生
5 瑪琳・黛德麗
6 寶拉・奈格莉
7 藝術家達利以梅・韋斯特為模特兒所設計的「室內裝潢」（Mae West's Face which May Be Used as a Surrealist Apartment）畫作，一九三四～三五

(Gloria Swanson)、梅・韋斯特(Mae West)、知性派的寶拉・奈格莉(Pola Negri)、白痴美人塞西・亞伯里(Cecile Aubry)、「貓女」弗朗梭瓦絲・阿爾農(Francoise Arnoul)、神秘女郎桃樂珊・拉摩(Dorothy Lamour)、拉娜・透納(Lana Turner),還有佛利茲・朗格(Fritz Lang)的《大都會》(*Metropolis*)裡出場的機器人蕩婦梅蘭妮・德蒙裘(Mylene Demongeot)……令人難忘的女賊三原葉子、良家千金東谷瑛子、團令子、妖艷的京町子[註二]……啊啊,篇幅不夠了。

註二:以上四人為日本六〇、七〇年代著名的性感女演員

少年時代是個獵奇雜誌迷

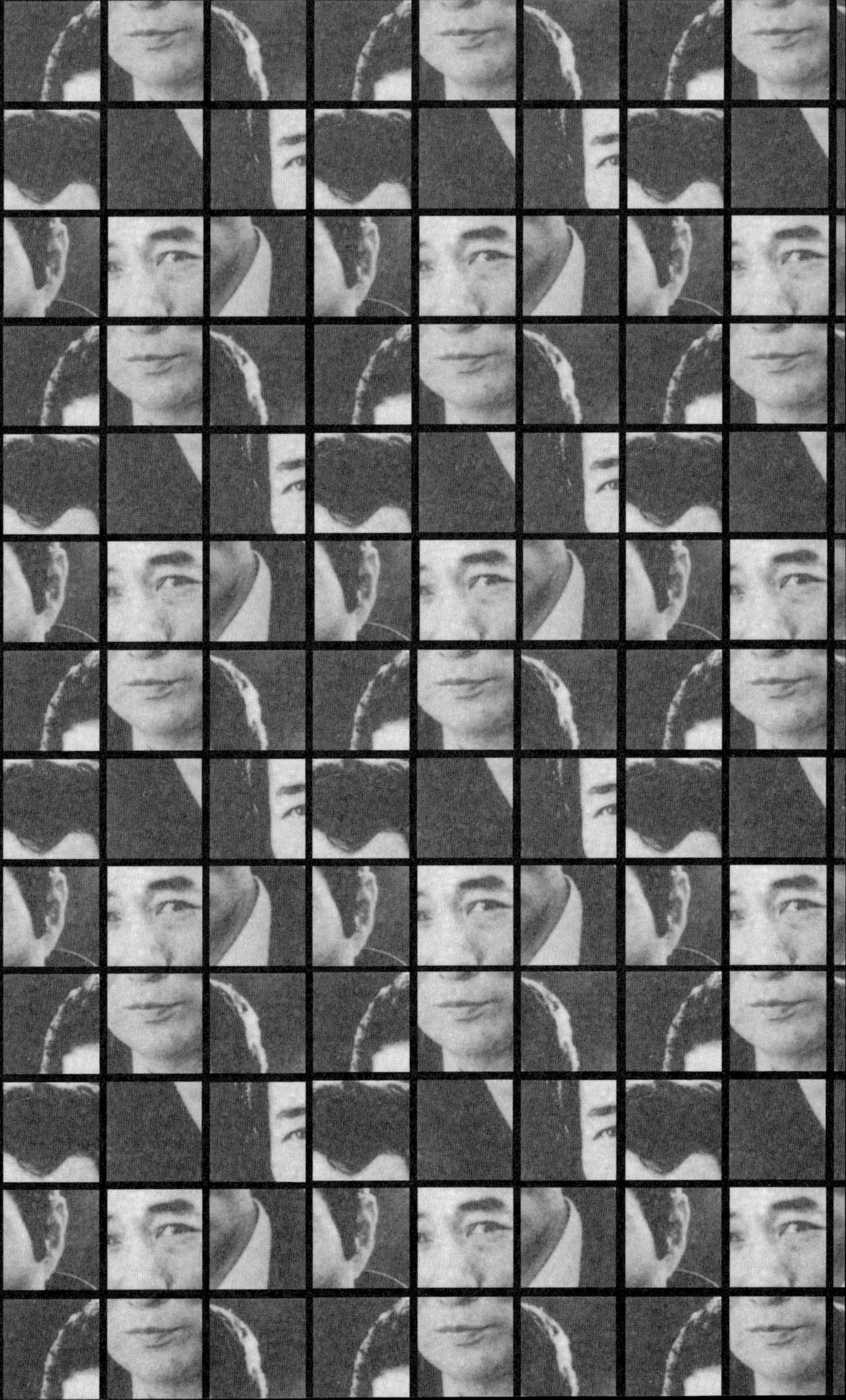

少年時代是個獵奇雜誌迷

年少時期在特殊祭典的攤販裡買了一些書，裡面摻雜了「獵奇雜誌」。

溼熱的夏天夜晚，在蛾群聚集的燈泡下，把學校的功課放在一邊，閱讀著這些書時，母親突然進來，並且嚇了一跳，把書本拿起來喝問，「你在看什麼書！」

但是，被禁止閱讀時，通常只會讓人更想讀。

於是，之後的我，完全變成一個「獵奇雜誌迷，背著母親偷偷地閱讀當時刊行的《犯罪科學》、《獵奇畫報》、《風俗草紙》、《獵奇》等書。

我尤其喜愛民俗學者藤澤衛彥[註一]主編的《獵奇畫報》，比起江戶川亂步的小說還要愛不釋手。

我很好奇，究竟昭和五年（西元一九三〇年）左右的日本人到底過著怎麼樣的生活？

從糞尿中尋找銀貨

《犯罪科學》的別刊中，刊登著學者草間八十雄的一篇文章〈遊民生活大解剖〉。

裡面談論的，是關於現在幾乎難以見到的遊民（ルンペン）風俗的「解剖」。

雖說是遊民（乞丐），但其獲取生計的方法和行為可說各式各樣，十分有趣。例如，「向他人要錢的遊民」大致可分成兩種。其中，一味搏取他人同情乞求施捨的遊民又可分成「尾隨」（ヅケ）、「懇搭」（ケンタ）、「施佈」（ツブ）[註二]。

在餐廳、咖啡座、妓院等地方向客人求乞剩下食物的人被稱為「尾隨」；「懇搭」則是眾丐坐在人群聚集的寺廟佛閣、淺草觀音寺的御堂前等，用惹人憐憫的腔調向「左右經過的先生」乞求施捨，而獲得一錢二錢的零錢施予。「施佈」是站在門口，或是在特殊的日子（祭典、祭祀）時，抓著經過的人的袖子，說著「拜託打賞！」

相較於這些被動的「乞討遊民」，主動要求施捨，甚至用半強迫式的方式乞討的遊民，被稱爲「外出狩獵」（獵乞者）、「爬行」（爬乞者）。

「外出狩獵」會和逐戶推銷的小販、零售業者

探討情色主題的獵奇雜誌，包括《獵奇》、《獵奇大全》、和《獵奇讀物》

註一：藤澤衛彥，生於明治，活躍於昭和年間，喜好變態事物的民俗、傳說研究者，代表作《變態見世物史》（文藝資料研究會出版）。

註二：本章中出現的許多關於遊民的譯稱，由於日文原文多為如今社會上不再使用的稱呼方式（即「死語」），因此均以意譯或字面意思接近的音譯來表示。

等合作，以到府拜訪販賣物品做爲藉口，只要一拿到錢就把火柴、筷子等雜貨原封不動地再帶回去。

買方也因爲「希望他們趕緊離開」而施捨金錢打發了事。「爬行」則是淺草遊民的特權，他們在劇場的門口等待回去的演員和藝人，強迫對方一定要給錢。除了以上這些乞求施捨的遊民外，也有積極工作的遊民，可以分成「緊迫盯人」（追いかけ）、「皮條客」（ナガシ）、「三明治人」（身上掛著廣告牌的臨時工）、「挑夫」等。

沒有足夠的篇幅讓我一一介紹，從推臺車到葬禮時的苦力，兼差做「臨時工」的遊民也不在少數。

當時，能夠自己營業維持生計的遊民有「遊藝人」、「卜卦者」、「賣紅書者」（「紅書」是指較便宜的雜誌或畫報等）、「賣火柴者」等，他們都是下等的技藝人，與其說是賣東西維生，不如說是賣藝比較貼切。其他還有各種撿拾廢棄物的遊民，他們被稱爲「端人」（バタヤ，路旁的乞食者）、「拾人」（拾い屋，撿破爛者）、「地味」（ジミ，襤褸者）、「掘人」（ホリヤ，扒糞者）、「淘金」（ヨナゲ）等。

例如「拾人」是翻找火燒後殘留的火災遺跡，找尋釘子或其他可賣金屬的遊民；「淘金」則是在河川裡撈東西、把它放到從劇場裡撿到的糞尿壺裡搖晃攪拌，以尋找是否有銀幣。

大正十一年（一九二二）時，在外野宿的遊民有二五一人，昭和三年（一九二八）有四七〇人，從這些數據來看，根本比不上聚集露宿在橋下和風俗街的遊民。只是，能夠確定的是，當時的遊民是在不景氣和經濟的壓迫下而被迫當遊民，現代的遊民則是從人生的路途中「退場」的集合體。

擁有極爲一般的普通和樂家族，有一天突然音訊全無失去蹤跡的「人間蒸發者」、功成名就卻感到人生虛無的社會領導階級的上班族，這些現代的遊民和初期資本主義的安定期中，成爲犧牲者的貧困遊民相比，可說完全不同。不過，就如布萊希特的《三便士歌劇》（*The Three Penny Opera*，一九二八）中描寫的遊民一般，被生活逼到走投無路的遊民們，身無分文，然後化身爲強盜，這在以前的時代中，反倒贏得眾多的喝采。

我不是想說以前的時代比較好。只是，一邊在翻閱這些「獵奇雜誌」時，回想起令人懷念的「充滿憤怒和不平的時代」。

甚至有限制接吻的新聞

這些雜誌還有另外的樂趣，那就是夾在裡面的新聞附錄頁。

這些新聞裡登載的報導，最有趣的，是令人讀

（上）文藝復興時期尼德蘭畫家老布魯蓋爾（Pieter Bruegel the Elder）畫作「乞丐」，一五六八
（中）老布魯蓋爾畫作「世間男子」，一五五八
（下）身上掛著廣告牌的三明治人

來分不清楚究竟是眞實的還是編造出來的。

例如，昭和五年《獵奇畫報》（五月號）的附錄「獵奇新聞」有一則「接吻限制令」，看了實在令人驚訝。

其實在國外，不論是人來人往的街上、停車場、或是公園，甚至是父母親面前、小孩面前，男女都大方地接吻。而且接吻的時間，長者甚至達一小時或半小時。接吻雖然不是壞事，但是如果不在衛生方面多加注意，很容易產生傳染疾病，因此，美國的堪薩斯州健保局發佈了「接吻限制令」。

接吻限制令的其中一部分規定「如果不得不在混雜的地方或是通風不良的地方接吻，這種情況下，最好馬上用芥子湯漱口」。此外，如果有預感可能見面會接吻的話，最好隨身攜帶小瓶漱口水出門。啊啊，到這個地步還會想接吻嗎……

這則令人欣羨的誇張報導，應該是藤澤衛彥寫的吧。

姑且不論其是眞是假，有趣的是，報導的內容讓人體會到時代的轉變。

除了附錄外，廣告也十分有意思。

在「爲了守護和樂的家庭和二人的幸福，pleasure skin」的廣告文案中，「pleasure」應該是指那種「快樂的事」吧，搭配「只要訂購，就會匿名寄送」的做法，也讓人感受到時代的潮流。

除了這些稀奇古怪的報導外，也有色情書刊的目錄，裡面竟然列舉著《達弗尼與克蘿伊》（*Daphnis et Chloé*）、《比利堤斯之歌》（*Les chansons de Bilitis*）、《伊太利亞黃表紙》、

《十日談全譯》（*The Decameron*）註三等書名。

《達弗尼與克蘿伊》一書被列爲色情書刊，這實在是令人訝異。

此外，在「萬國獵奇廣告」欄中，還有十分嚴肅的「尋夫」啓事，這位女性的條件如下：

年齡—二十四歲

學歷—前橋女高畢業

專長—作長歌、插花、彈琴

容貌—端莊美麗

註三：《達弗尼與克蘿伊》，古希臘田園敘事詩，敘述牧羊少年與牧女之間一波三折的戀情。《比利提斯之歌》，十九世紀末法國詩人彼埃・魯易（Pierre Louys）的散文詩，描寫自少女純情至遲暮哀傷等各階段的戀愛心境。《伊太利亞黃表紙》，內容為自義大利流傳至日本的滑稽、諷世故事。《十日談》，十四世紀義大利作家薄伽丘的短篇故事集，成書當時被認為是誨淫誨盜之作。

（上）《獵奇畫報》目次頁
（下一、二、三）《近代犯罪科學全集》、《犯罪科學別卷》、《犯罪科學別卷》內頁

個性—十分開朗

家族成員—母親、姐姐、弟弟

財產—二十萬元

這是由一位自稱本鄉區丸山的伊藤竹醉的「保證人」註四所刊登的廣告，條件如此好的女性竟然需要在《獵奇畫報》的廣告欄裡尋夫，這實在是太奇妙了吧？

這則報導的下面還有著「變形的袋子 樣本一組一元金幣」的標題，旁邊則是一則日本風俗研究會的廣告，徵求「臉上有著巨大腫瘤的人、眼睛的位置異常的人、臉畸形的人、容貌不同於常人的人，請寄照片來」。

這類附錄的新聞、廣告背後，讓人不禁想像，在世上的某個地方似乎存在著「另一個謎樣的社會」，甚至讓人有「想生活在那樣的時代」的想法。

先敲打豬，然後切下腫瘤食用

據《風俗草紙》的內容，一九二〇年代的異常性癖好者（Sodomia註五，也就是現代所稱的同性戀）的集中地主要爲有樂町日劇地階一帶、新宿文化和新宿名畫座、男色茶房的「夜曲」、淺草鬧區的東京俱樂部、日本館等，這些可說是注重浪漫氛圍人士的據點。另一方面，性愛派的人士則喜愛日比谷公會堂附近的公眾廁所、神田竹橋的橋下、四谷見附近一帶，還有各電影院的男子廁所等地。

在公眾廁所每一間的隔板上挖一個直徑一寸左右的小洞，就可以偷窺隔壁上廁所的人，以此方法來物色對象。這個小洞還有其他的用途，但在這裡無可奉告。異常性癖好者喜愛的愛的告白的地點，還有被當成表達愛意的廁所，大抵和他們的褻物狂脫離不了關係吧。（藤井晃）

正因爲有這樣的書籍，才有這些完全沒有想過的「話題」可聊。

> 豬的腫瘤料理：把豬關在一個小房間，用棍棒毆打，盡情用力毆打到讓牠長出腫瘤，再把這些肉瘤切下來煮。

這是刊登在《異常風俗資料》（昭和六年）裡〈支那的怪異料理〉文章裡的部分內容。

依作者井上紅梅所言，惡劣趣味的料理多到數不完。例如，有一位穿著紅色長袖子的支那小女婢在市場買了桶子裡浮著的暗紅黑豆腐，小心翼翼地放在碗裡捧回家去。其實，她買的是豬血。「加鹽後凝固的豬血！光看就讓人作嘔，將豬血塊像八杯豆腐料理一樣切塊，然後灑上切成絲的煎蛋，就是一種湯。因爲無法去除血腥味，所以據說吃太多會得癩病」，眞是恐怖。

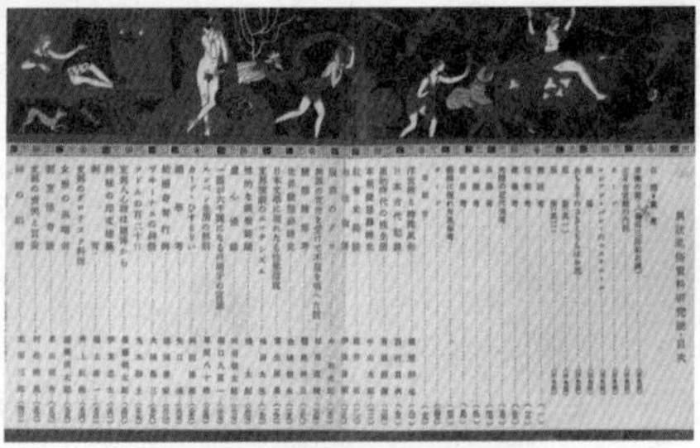

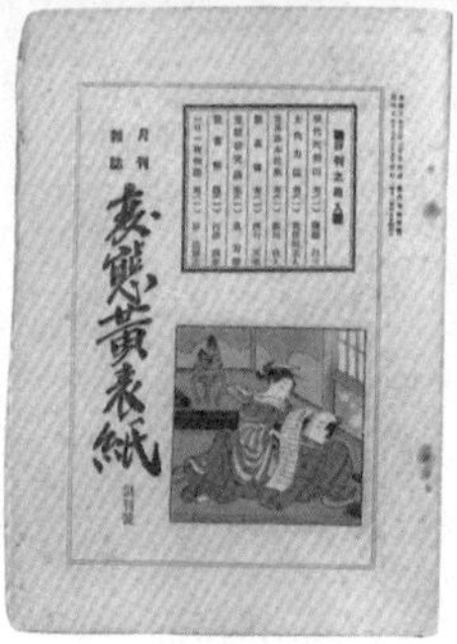

（上）《異狀風俗資料研究號》目錄
（下）《變態黃表紙》

註四：伊藤竹醉是風俗文藝界的名作家，這名女性是他的代理人，負責債務清償或金融方面事務，類似代書的角色。

註五：此詞為由「索多瑪」（Sodom，原指《聖經》故事中一座因人們慾孽深重而遭上帝摧毀的城市之名）一字而來的法文，指涉有特殊性癖好的人（尤其指雞姦者）。

還有從牛的內臟裡發現「像帽子一樣的東西」；乾隆皇帝「很喜歡吃尿醃漬的豬腳」等等的內容。

此外，我們來看看下面這段文章的○○部分，應該塡入哪些字呢？

前清時代，有一個很有錢的寡婦，在勉強守著不想守的貞操時，身體突然變得很奇怪，開始尋求各種異常的食物。她把裸馬○○，在牠變成○○的時候，取下馬的○○，丟入熱湯中煮來吃。因爲這種變態的食慾，後來被人稱爲妖婦，最後被朝廷抓去並處以凌遲的死刑。

其他還有把活生生的猿猴的頭蓋骨掀開，吃裡面的大腦——這樣的場景我曾在尤可貝提（Gualtiero Jacopetti）的電影註六中看過。至於用熱湯潑在駱駝身上再將之殺害，切下疣（駝峯）的部分來吃，則是第一次聽說。

究竟「獵奇雜誌」是什麼？

我想它就像是一位壞伯父，把老師和父母親不會教的「世界上被隱藏的那個部分」告訴我們的另一位人生「老師」吧。

變態賭博激勵沒有偶然的人生

不知爲什麼，這種獵奇雜誌裡有很多關於彩券的內容。《獵奇畫報》最爲人們津津樂道的專題裡，收錄了〈日本彩券考〉〈澤塵外〉、〈彩券奇譚〉〈高月代二〉以及〈巴西彩券熱〉、〈暹羅國的鬥魚賭博〉等等關於彩券的各種報導。

彩券的流行實現了將財富分配的偶然性，在經濟安定時期到達巓峰。但是，其內幕在於利用國家的財政，除了極少數中獎者以外，本金當然是從一般大眾身上吸取而來。

因此，人們渴望中彩券，並開始熱衷於相互競

（上）法國畫家拉突爾（Georges de la Tour）畫作「撲克牌騙局」，一九二〇～四〇
（下）日本江戶時代後半（西元十九世紀上半）以後即盛行於市井路旁的聚賭活動。明治中期的攝影。

爭的「蔭富」和「賭博」。「蔭富」就是「頭彩」（將一千張到七千張的彩券放入大箱子裡混合，開獎時從另一個小洞裡用尖錐刺中一張。錐尖刺中的第一張籤爲最大獎，第二張爲第二大獎。大體來說，最大獎爲千兩、五百兩，也難怪人們會爲之瘋狂。）

當然，彩券的流行和賭博的流行有著函數的關係。

其中，有關詐騙賭博的〈變態賭博考〉（饗庭斜丘），是一篇關於詐賭的有趣話題。

詐欺賭博可分成技術面上的詐賭術、在骰子上動手腳，還有在賭博地點設置機關等三大類別。其中技術面上的詐賭術是需要修鍊的，尤其搖骰

註六：義大利電影導演、製作人。曾於一九六二至七一年間陸續拍攝一系列寫實紀錄片，包括了《世界殘酷奇譚》等，引起觀影者極大震驚。

子的手法更不是一般人學得會的。例如，在擲骰前將骰子放到碗裡時，用眼角餘光偷瞄骰子——當然，骰碗翻開後，搖骰者會使骰子呈現先前所瞄到數字的另一面對應數字，例如，一的反面是六、二的反面是五、三的反面是四——在迅速瞄到任一正面後，並且能夠隨心所欲地搖出相反的一面，要花三年的時間練習。

此外，在公開場合搖骰子時，詐賭者爲了讓碗裡的骰子點數不至於把把重疊而被懷疑詐賭，也能夠趁著將碗往前後移動時，偷瞄骰子的點數。這被稱爲瞬間「偷吃步」，也不是一般人學得會的。

比賽中想詐賭的人會動更多的手腳，例如，故意造成容易出現的偶數賽況，然後神不知鬼不覺地將骰子偷換成奇數結果註七。（作假詐騙的莊家或賭客，會先將骰子點數雕刻得比較深，然後在每個數點裡加入水銀，改變骰子重量，再塗漆蓋住，就能暗地裡在擲骰子時控制點數）天冷時爲了不讓水銀結冰，就會一直把骰子在腹中摩擦生熱。其他還有「飛賽」、「撒粉賽」、「拖網賽」等，在此無法一一介紹。

同雜誌中，除了各式的賭博外，還有猜電車號碼、大聯盟賽、選舉、相撲的勝負等，各式各樣關於「非常態賭博」的內容。

這些例子，主要是針對「人生也存在著許多偶然」這樣的社會科學理論，來提出反證。

註七：日本人賭博玩骰子，是以總和是奇數或偶數為準而非比大小。

蒐集狂們的謎様情報交換誌

蒐集狂們的謎樣情報交換誌

作曲家華格納是位女鞋的蒐集狂，這件事雖然不太為人所知。但是，傳說在他死後，從他的床下，發現了數百雙女人的鞋子，從穿舊了的紅色高跟鞋到各式各樣的女鞋都有。

我的朋友當中也有一位蒐集帽子的男人，他一年當中沒有一天戴過相同的帽子。

說到這裡，其實我自己也是收藏飯店裡「Don't Disturb」（請勿打擾）牌子的蒐集狂。

從蒙地卡羅到迦納、設拉子、紐約、巴塞隆納……世界各地飯店房間的告示牌，很抱歉地，都成為我的收藏。

到底「蒐集的心理」是什麼？

蒐集狂們到底對什麼感到興趣？

在此就翻開關於「蒐集」的小冊子來看看。

到處都有孤獨的蒐集狂男人

我試著到處去蒐羅被公認爲「法國收藏者的情報交換雜誌」的*Le Collectionneur Francais*（如標題所示，應該譯成《法國收藏家》）過期雜誌。

這份雜誌每個月的封面都是明信片和插畫，每期只有二十四頁，充滿趣味性，卻也反映出蒐集者的心理，是本不可思議的雜誌。

標題寫著「不可錯過好機會」的交換廣告引發讀者的興趣，甚至激發人開始撿拾破舊東西的行爲。「賣方」的專欄裡，羅列著法國殖民地的車票、腓特烈三世（Frederick III）[註一]的圍兜（以「珍品」標示）、一九二五年以前的電話機、三百五十針的留聲機、孟尼利克二世（Menelik II）[註二]和塞拉西（Haile Selassie）皇帝[註三]的埃塞俄比亞（Ethiopia，即今日的衣索比亞）貨幣、中國式寢台的天蓋（上面繡著象牙色的九朵花）等等物品。

「買方」欄裡則有徵求氣球操縱學的相關情報、古老電車的零件、第一屆橫越撒哈拉沙漠大賽的相關物品、照片、報導、十八世紀到十九世紀的古老釦子、醫藥器具（例如吸管、藥膏瓶子等）、世界各地的體溫計、火車的傳單、日本的武器、古代愛奧尼亞（Ionia）的書……等等。

待賣的東西裡最多的是古錢幣，想買的東西裡最多的是明信片，當然也不是所有的古錢、明信

註一：腓特烈三世（一四一五～九三），一四五二年至一四九三年間神聖羅馬帝國皇帝，奠下哈布斯堡王朝的基礎。

註二：孟尼利克二世（一八四四～一九一三），一八八九年任埃塞俄比亞皇帝。

註三：塞拉西是一九三〇至一九七四的埃塞俄比亞皇帝，孟尼利克二世的表兄弟。

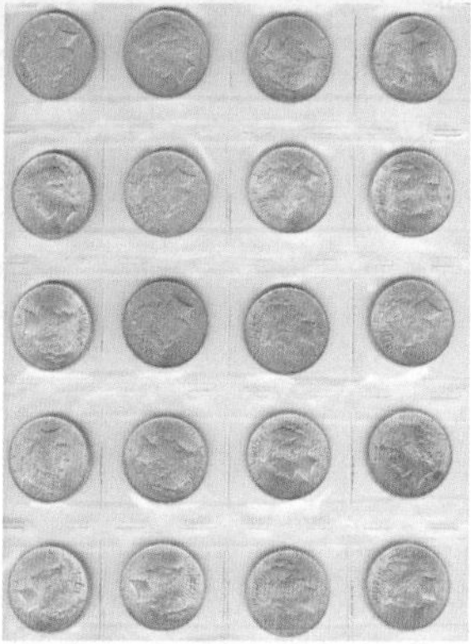

（上）十九世紀日本街頭的小古董屋。店內所擺設的許多精緻的裝飾品、陶瓷、染織物，主要的展售對象，則是當時頻繁進出日本國土的外國人。明治中期的攝影
（下）具有收藏價值的各種錢幣，也是收藏家們的交易市場上最常流通的品項

片都有人要。因爲買方對於這些東西的時代、圖案都有詳細的要求，所以變得十分瑣碎。我有一段時期熱衷收集「馬的郵票」，成爲數百種印刷馬的主人，讓我十分愉悅。不久後，我又開始熱衷於收集橡皮擦。

在擦去文字（意義）的同時，自己也被擦去了一部分，到最後連自己本身也消失的橡皮擦，每一個都讓我有一股難以抹滅的親切感。我蒐羅了世界各地的橡皮擦，放進「收藏箱」裡——這使它自身帶著一種矛盾的特質：儘管身爲「橡皮擦」，卻又不是「橡皮擦」——只要開始發揮「橡皮擦」功能的那一刻，它就會有消失的一天。

後來，我開始產生「人爲什麼要蒐集」的疑問。蒐集是一種獨占。威廉·惠勒（William Wyler）的電影《蝴蝶春夢》（*The Collector*，一九六五，符傲思〔John Fowles〕同名小說改編的電影）中，描寫一位蒐集蝴蝶的孤獨青年，他認爲一隻蝴蝶是某位少女的化身，因此捕捉蝴蝶並將之關在地下室的昆蟲箱裡，想獨佔蝴蝶的心態和行爲。這裡清楚地呈現了惠勒的主題，蒐集＝獨占，作爲一種性壓抑的補償行爲。的確，過了四十歲，熱中於蒐集任何無關財富和權力的東西，或許眞的是抱著某種性的失落感吧。

買回了一張花的郵票
到中年依然單身的男人

從跳蚤市場裡發現了一部古老的電話

《法國的收藏家》裡，還好沒有出現蒐集少女或是蒐集屍體一部分（義齒、義眼）的「買方」廣告。但是，這或許只是表象，只有二十四頁的小冊子裡，其中也隱藏了許多的暗號和謎語。

例如，雜誌裡各處還有「猜謎」或是「我是誰」的謎題，而且「答案就在當月號的某個地方」。

我和妹妹們
排成一條美麗的直線
這條直線
十分規矩、文明
不如此的話就變成鉛色

法國、義大利、哥倫比亞、賴比瑞亞、智利、德國等國家發行的郵票。擁有印刷馬讓無法豢養真馬的人，得到另一種玩賞的樂趣

（請注意不要掉入字面的陷阱）

這種沒有邏輯的詩，其實是爲了販賣「用錫做的古老度量尺」的廣告，在另一頁「解答」的欄位裡就可找到答案。

每個月「陳列品」欄裡的標題，編者都十分用心，選擇吸引讀者眼光的稀有物品、讓人驚訝的東西、奢侈的東西、「引發人蒐集癖」的精品。例如，「女人的帽子和日本的面具你會選那一樣？」這個問題的選項有：

A「新娘的婚紗帽（十九世紀蒂洛爾〔Tyrol〕地方的帽子　二二〇法朗）」、B「長圓錐帽子（十五世紀法國流行的樣式）十八世紀諾曼地產　一八〇法朗」、C「十八世紀荷蘭的婦女帽　一五〇法朗」、D「十八世紀巴黎的布爾喬亞婦人的婦女帽　三五〇法朗」……除此之外，還有巴伐利亞地方葬禮用附帽帶的帽子（六〇法朗），超過十種不同的老式帽子（精選專爲帽子蒐集狂準備的高級物件），和日本能面的競標介紹。這個專欄也可以說是「特別專欄」，是每個月讀者必注意的部分。

除了交換收藏外，還有以下的報導。

以下來自「電氣音響學博物館」的館友會的訊息。「我們正在蒐集在不同場所可以互相傳遞聲音的相關資料。在《驚異的圖書館》中，我們發現一個遠距通話起源的事實。亞歷山大大帝爲了下達命令給距離十八公里外的士兵，參照古老的手抄書，讓人製作了一種三隻腳垂吊式的、類似樂器的東西。

這是個不用線也不使用電的電信術。另外，達文西爲魯多維柯·史佛薩（Ludovico Sforza）註四設計了讓他在城堡裡也能夠對外交換訊息的音響管系統，這也是未使用電的發明。直到德國的發明家菲力普·萊斯（Philipp Reis）在一八六一年發明了使用電的「流電電氣音樂」的裝置，成功地傳送遠距的訊息。

這些都是發明電話以前的事。

此外，還刊登了館友會會員們的「電氣音響學博物館」探訪記。

「最早的電氣音響設備發明始於何時呢？」

「大約是一世紀前左右，也就是一八六五年，阿德爾的壁掛式電話機。傳送器使用樅木材，在下端二十四個地方的碳粉處接上雙格子匣（double grille）的一種麥克風系統。」

這個博物館其實是城市裡的私人收藏家設立的。所長從十五歲開始就對電氣工學感興趣，在里昂的維勒爾巴納（Villeurbanne）的跳蚤市場附近尋找各種古老電話，後來才終於組成「館友會」這樣的組織，成爲「博物館長」。

太座是面具蒐集狂，那麼丈夫呢？

「我所擁有的塞薩（Cesar）面具各自佔了符合我自己內心的一個地方。

雖然我說不出來在哪裡，但不論哪一個塞薩的『臉』都有著一個恰如其份的居所。一個符合他們人格和品性的地方。」

（上）插畫「電話的效用」，一八八〇。圖中即為當時迅速普及的壁掛式電話
（下左）塞薩產製的面具（柴契爾夫人）
（下右）塞薩產製的面具（柯林頓）

接到了米雪兒・馬雷女士（Michelle le Mare）的信，我的心開始動搖。

這到底是指什麼地方，塞薩又是什麼東西？我在巴黎郊外的住宅區默東・拉・風蕾（Meudon-la-Foret）之中發現了這兩個謎題的答案。

馬雷女士推給我一張有扶手的椅子和威士忌，馬雷夫婦和「塞薩的臉」，看起來好像都有點都把我當笨蛋耍的感覺。

「蒐集是一種病，這是大家都知道的事實。」馬雷女士這樣說。

「窺看一家專門賣些『惡搞、玩笑、陷阱』玩意兒的店的櫥窗，讓我後來患了一種不好的病。引發我病症的就是戴高樂（Charles de Gaulle）的

註四：魯多維柯・史佛薩，米蘭公爵，達文西曾在一四八二～一九九年間，自薦成為公爵的贊助對象，並為其設計宮廷、武器與多項實用發明。

面具。之後的幾年，我一直對那些迷惑自己的東西感到飢渴。

在我發現政治家的面具時，首次有了很大的滿足感。後來我一共買了五個政治家的面具，包含法國和其他國家的。一個是戴高樂初次當上總統時（一九五八年）的面具，一九六五年再度取得連任時的面具，還有三個外國領袖的面具。

第一次是隨興在玩具店裡閒逛發現的。

在比利時的安特衛普一家店裡發現美國總統詹森（L.B. Johnson）的面具時，店主甚至不知道他是誰。」

「但爲什麼是塞薩？」

我發問。「這是個十分單純的原因。」馬雷女士一邊笑一邊回答。「塞薩是製造業者的名字。專門製造嘉年華節慶用品和面具，並且銷售到世界各地。是在一八四二年，包溫（Pavie）兄弟創立的。他們死後，工廠轉手給剛朵瓦，再傳到塞薩手上。

第一代塞薩的兒子，也就是第二代的塞薩，和兒子（第一代的孫子）克羅多重新開始製造面具，後來連續三代都不斷生產製造面具。」

馬雷女士一邊說一邊推開了接待間的小門。

裡面竟然陳列了季辛吉、尼克森、詹森、甘迺迪、毛澤東、卡斯楚等，大家極爲熟知的「臉」。

「我只蒐集塞薩製作的政治家面具。塞薩是世界最古老的面具工廠，是一個一個以紙爲材質製造出來的手工面具，後來塑膠材質的面具發明後，手工業就沒落了。」（《法國收藏家》一一四期）

雖然也想更深究這個面具收藏家的深層心理，

但還是先就此打住。

面具通常更突顯出本人的特點，有時依場合的不同，面具也變成面具主人隱藏自己眞面目的道具。很想知道馬雷女士丈夫的職業，但始終開不了口，這或許算是一種禮貌吧。

同一場景，各種拍攝角度的「狗拉車」明信片

喜歡「狗拉馬車的郵票」嗎？

對於蒐集明信片的人來說，「狗拉馬車」（聽來好像很奇怪，或許應該說成狗車）的明信片是大家關注的焦點。

現今已消失蹤跡的拉車犬明信片，一張從十塊法朗到超過一五〇塊法朗不等，在「跳蚤市場」裡十分受歡迎。英國和義大利在十九世紀中期時，就已禁止用狗來拉車。（正確地說）法國在一八二四年，由巴黎警察的總長宣布禁止用狗來拉車。（但是，記載顯示，巴黎以外的地方，在一八九七年左右，還有讓狗拉車的情形。）

之後，二十八個地區的區長在一八五〇年發表了保護動物的格拉蒙（Gramont）決議法，禁止使用狗來拉車。

因此，狗拉車的明信片圖案只有在法國特定的地區（香檳─亞丁〔Champagne-Ardenne〕、諾爾〔Nord〕、羅亞爾〔Loire〕、塞納濱海省〔Seine-Matime〕）才有。保護狗的人們主張用狗拉車操控困難、狗有患狂犬病的危險、和馬車並排時狗會害怕馬而發狂等等。而且，拉車的狗容易患氣喘和動脈瘤。也有人認爲原本用狗來拉重物就是件不可能的事。

在德國，只要對狗來說，還不算負擔沉重的車子，是准許用狗來拉車的。

一九一一年和一三年的演習時，比利時人讓狗拉裝載機關槍的車子。兩隻狗一組可以拉三百公斤的武器，時速可達八公里。後來依照記載，軍用犬、警犬依然存在，但拉馬車的狗、幫忙負擔無產階級勞力的狗則越來越瘦，漸漸消失在我們生活的四周。

拉車犬的明信片，其實本身並不是珍貴的作品。據說其中最多的，特別是法國弗蘭德（Flandre）地方的牛乳屋的車。雜貨舖、豬肉商行、麵包店、魚屋也有許多用狗拉的貨車（明信片一張六十法朗左右）。

但是，如果是郵局的車則十分稀有珍貴。保羅・馬蒙坦（Paul Marmottan）在一九〇九年十月時如此寫道：

> 一九〇九年八月，我到布里亞爾（Briare）（羅亞雷省〔Loiret〕）旅行時，在圖書館的陳列室發現了一張明信片。
>
> 明信片上畫的，是一位郵差牽引著一輛由狗拉著的郵車。
>
> 公務員竟然做出如此過份的事，實在太可恥！

《法國收藏家》是一本月刊雜誌。在這裡介紹的只不過是過期雜誌裡的一部分。雜誌的背後，還浮現了許多狂熱的蒐集者的臉，其他的內容就交由讀者自己去尋找吧。

失眠夜晚的拷問博物誌

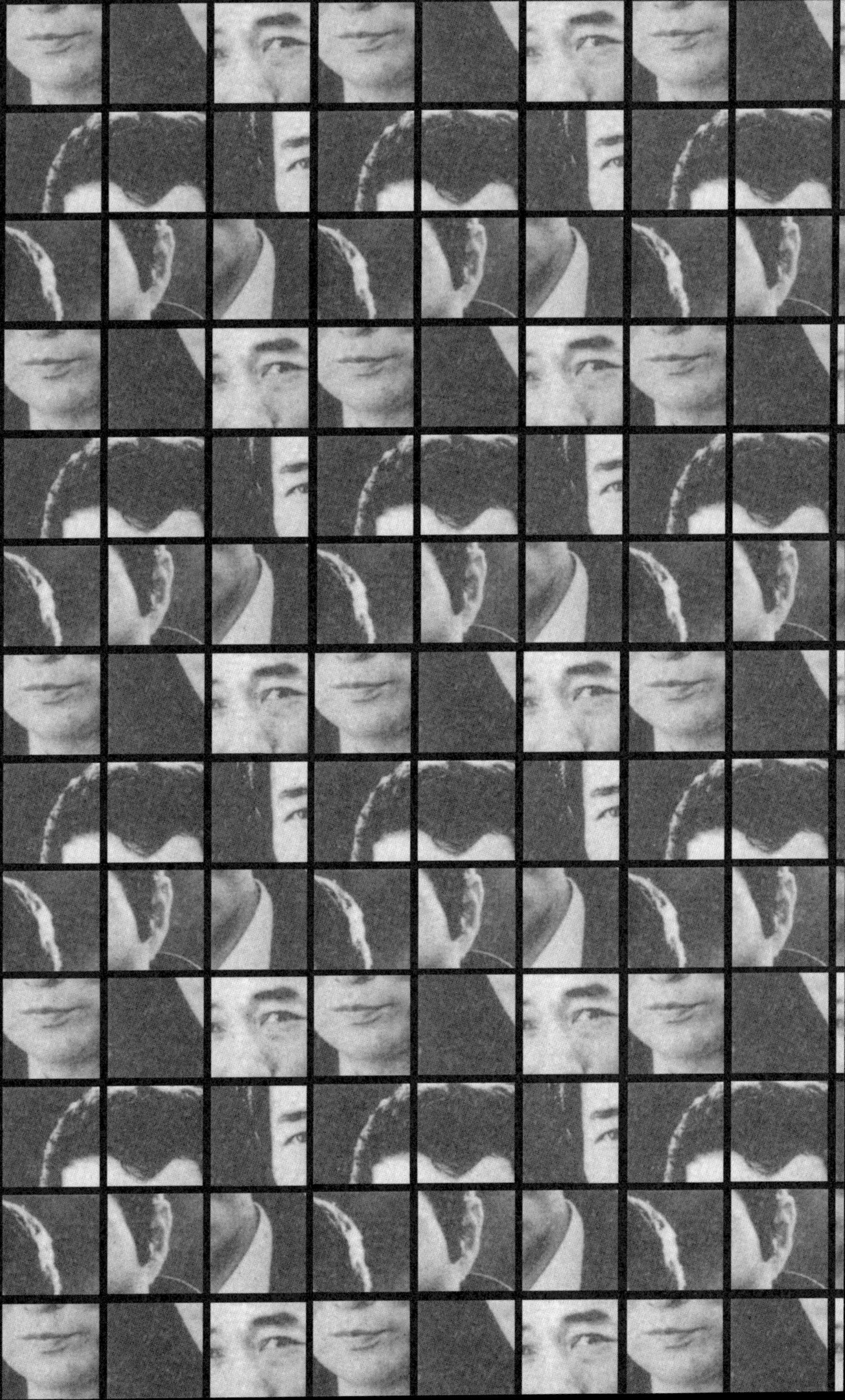

失眠夜晚的拷問博物誌

我找到了以研究吸血鬼聞名的羅蘭．維爾涅夫（Roland Villeneuve）所著的《拷問博物館》（*Le Museé des Supplices*，一九六八）一書。

位於聖米爾歇（St. Michel）註一，一家專門收藏超現實主義文獻、色情文學、漫畫的小古書店書架角落，覆蓋著灰塵，僅剩的一本。

我立刻買回家，翻閱裡面的內容。

「恐怖經常伴隨著美。」（里爾克）

「執行死刑的人，經常認為自己是神的幫手，並且對自己的工作抱著驕傲。」（安德爾．史瓦勒）

「只有在快樂和愛的巔峰，才是惡的果實。」（波特萊爾）

讓人不覺產生顫慄感。

現在就來細讀這本書吧。

不是拷問你，而是拷問你的小孩

依維爾涅夫所言，拷問的起源可追溯至神話故事。

剛開始是強盜綁架商人和迷路的旅人，想從他們身上奪取金錢而進行拷問的手段。

伏爾泰的哲學書中寫道：「拷問是盜賊入侵守財奴的家中，找不到金錢時，爲了要讓他坦白說出錢藏在何處的行徑。」

山賊爲了要讓農民說出財產隱藏的地方，而用火烤農民的腳底，用短刀刺小腿。

然後，看到被拷問者痛苦地流淚尖叫，蹙眉歪曲的臉，山賊的心開始翻攪。

雖然拷問者沒有自覺到，拷問的行徑和性的快感在情欲的深處有著關聯性，但後來出現了像古西（Thomas de Couchey）這樣的人，利用貴族的特權，把來朝覲的青年綁在森林的大樹上，甚至還有人全身被緊縛在樹上而完全無法動彈。

我原本以爲，「拷問」是起始於爲了懲罰做壞事的人才出現的，看到這樣的關於拷問由來的說法，引起我不小的震驚。拷問的方法越是殘忍，越有效果。普羅克魯斯提斯(Procrustes)註二把旅行者放在裝有鋸刀的刑台上，讓他通過刀刃，如果削下的肉片太大塊的話，就重新再來一次。

這種「拷問」的刑罰原本是爲了懲罰殘忍的犯人，但後來卻被濫用，(潛意識裡嗜好拷問的)市民們以正當名義爲由，開始熱衷於拷問之實，民間並且開始流行告訴。

當人們產生紛爭，互相上訴後，通常被要求執行神明的審判，「看誰能夠把手伸入火中或熱水中而不會被燙傷，就獲判無罪」。

註一：所指應是巴黎的聖米歇爾大道（Blvd St. Miche），附近巷弄裡開設著多家書店。

註二：希臘神話裏的人物。他搶劫過路的人，並且強行讓他們躺進一張特製的鐵床上。如果他們的身長比床要長，普羅克魯斯提斯就會砍掉過長的部分；反之，他就用蠻力拉伸他們的身體直到和床一樣長為止。

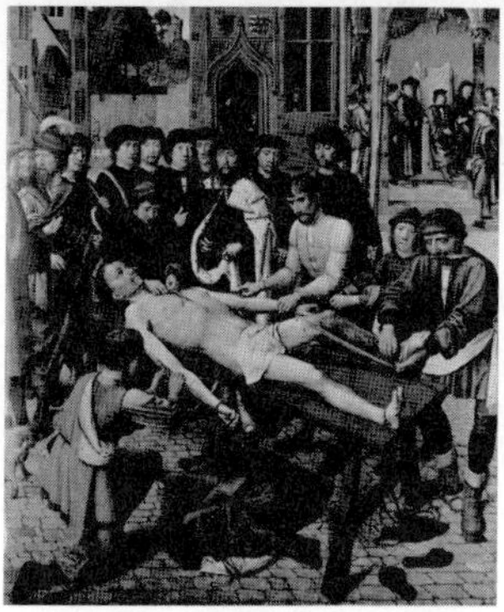

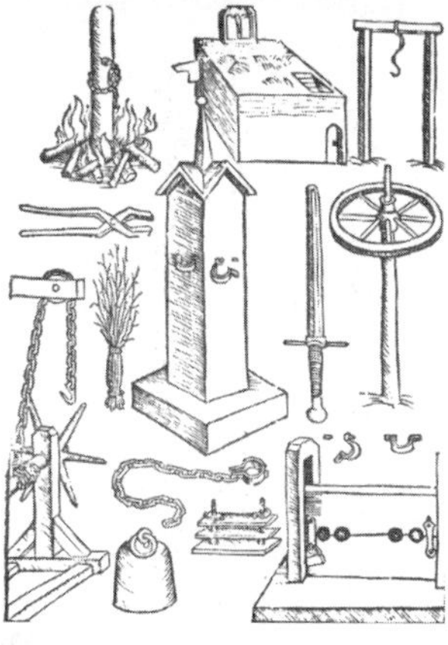

（上）殉教的基督徒承受著各種酷刑：遊街、鞭笞、被扔下懸崖、刺刑、烹刑
（中）由聖職者負責執行的剮刑（削去皮膚）
（下）十五世紀時的德國，在審訊中所使用的各的各種酷刑刑具

這一風潮，後來被尼采解釋爲高度文化的表現，把這樣的行爲視爲過度精神化，且過度強調殘忍的文化現象來看待。

不論是誰，只要有正當的理由，就會想到用「拷問」的方法。

在中國律典中的刑罰專門項目裡，甚至記錄了異常詳細的拷問方法（而且，不論是多麼輕的罪行都有對應的指定拷問項目），此外，據說執行拷問者一定要是「知識分子」才行。

有敲壞骨頭、刺瞎眼睛、用大鍋烹煮至死、踩碎至死、用牛馬五股分屍等等的各式嚴刑拷問。皇帝掌權時代結束後，法國的法學者在探究刑罰的分類時，據說僅中國的拷問種類就超過了一百種。

這樣的拷問刑罰，後來逐漸變成公開的觀賞形式，成爲大家爭相觀看的對象。變成一種公開的表演後，執行者就像「演員」一般，不但要化妝，還要思考一舉一動所帶來的效果。最後，公開行刑這種「把手腳切斷等酷刑，變成一種在大眾面前表演的娛樂」因而被禁止。

另外一種拷問犯罪者的型態是，並不刑求本人，而是把他的小孩當成犧牲品。

拷問發展出精神層面之後，神所扮演的角色當然也佔了重要的分量。古代迦太基（Carthago）人在祈禱時會選出別人的小孩當做祭品，加以拷問使其痛苦；印度的「錫克」（Sikh，暗殺異教徒的教團）相信迅速地絞殺受刑人，神會感到喜悅。Leopard黨（豹男集團）則深信吃人肉和性的滿足是奉獻神的儀式。

對他們來說，或許連現代的SM雜誌《SM狙擊手》（*SM Sinper*）、《SM皇帝》（*SM King*）裡面的行爲，到團鬼六的小說註三，全部都是神的旨意吧。

（上）中世紀法律規定，被告承認罪行後才能定罪，因此宗教法庭為求效率與立威，往往不擇手段詐取犯人口供
（下左）中國的「凌遲」（千刀萬剮）之刑：囚犯被綁在木架上，劊子手依序（大腿、胸口、關節、鼻子、耳朵……）小片一小片地剜下他的皮肉，最後才刺擊心臟，割下腦袋
（下右）中國衙門常見的杖笞之刑

把小孩塗成黃金色烹煮

閱讀存在著許多謎的「成望會事件」註四報導時，我的腦海裡浮現了「拷問的快樂」這樣的想法。

集結小型企業的經營者，共同開了一個道場，在團體住宿處對他們訓話，過著如此規律生活的人，卻也是實行拷問的人。

這裡和尼采所說的精神層面化的拷問，有著許多的相似處。

成望會的「帝王」七里祐章成立這個合宿道場的目的不在賺錢。只是，規定訂的十分嚴格，而

註三：團鬼六，日本著名的劇作家、SM官能小說家。著有《蛇與花》、《夕顏婦人》等。

註四：一九八一年發生於日本兵庫縣。

且對於不遵守規律的人要加以拷問。「拷問」這件事即是這個組織的特色。

然後，新田信一郎（四十歲）在此被踢、被毆打，並且全身赤裸地，和笨重的鐵板一起被埋在地裡。

「爲什麼呢？」人們低頭思索。無關乎詐欺、也沒有怨恨，也不是爲了要賺錢，爲什麼要這麼做呢？

這麼想的人一定無法理解事情的眞相。

小時候我曾經發生把父親的煙斗偷偷拿出來，被母親發現後挨打的事件。母親要我把褲子脫下，等著挨打。我一邊露出光溜溜的屁股被打，一邊用眼角偷偷地瞄著母親可怕的臉，不知道爲什麼，母親好像心情很好，而且表情十分沉穩。

我記得那時候，我認爲母親並不是爲了教育我而打我、處罰我，而是爲了自己的快樂才這麼做的吧。

但是，我想不論是誰，或是身爲母親的人也沒有察覺到這一點吧。處罰別人的人，總是認爲自己就是神的代理人吧。

一九六六年，一位倫敦的警察在收到一件十分普遍的快遞包裹時，發生了駭人的事。

打開包裹一看，裡面竟然裝著一具十八歲黑人少年的屍體。屍體的手被綁在身後，頭髮剃光的頭從頸部被彎折下來，塞在兩膝之間。全身都是被鞭打的傷痕和被煙燙傷的痕跡，少年的表情彷彿沒有痛苦，而是一副安詳的神情。

同年，有個女人將九歲的小孩放入大鍋子煮，直到小孩窒息而死。

孩子的全身被塗成金黃色，女人以滿足的神情說道：

「我把這個孩子塗上神聖的金黃色，爲的是把他的遺體獻給大祭司。」

這些例子都是維爾涅夫蒐集的事件，我認爲已經很明白地道出了拷問的本質。

聖安東尼（Saint Antoine）在岩礁上全身被撕裂而死，希拉利恩（Hilarion）把自己用鎖鍊捆起來讓人們鞭打。日本的「耶穌的方舟」[註五]看起來似乎極爲禁欲，但一九六六年的「諾亞方舟・瞑想集團」事件中，一位年輕的女人貝納蒂特・郝思勒因集團的私刑而致死。

驗屍的結果，發現她還是一位處女。

星期一　我被釘在車輪上

（沒有風，搖搖晃晃）

註五：一九八〇年，千石剛賢組織的基督教團，吸引許多信眾離開各自的家庭組織共同生活，造成許多年輕女性因而不返家的集體失蹤事件，引起社會騷動，警方也介入調查。

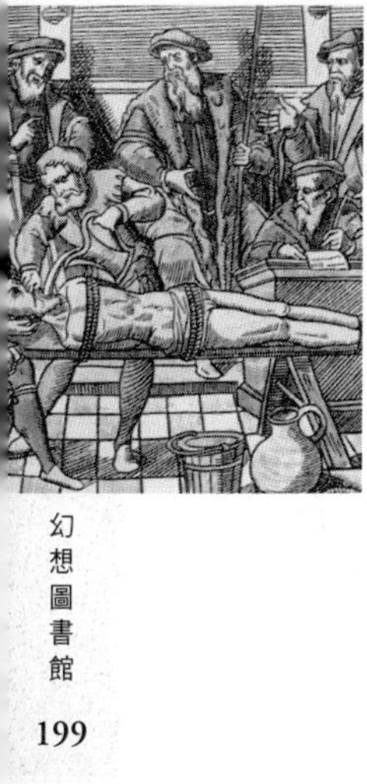

（上）美國漫畫家維利耶特畫作「十八歲的美國少女因與教士私通而遭當眾鞭笞之刑」，一九〇〇

（中）對於因通姦等犯罪行為而致名譽受損者所加諸的刑罰：被強迫帶上鐵製的面具

（下）承受水刑，被灌水致死的犯人

星期二　我被鋤具挖得全身是洞
（被張開全身放在岩石上面）
星期三　我全身被塗上松脂
（就如被烤燒的牛排）
星期四　我被丟入一個洞穴裡
（裡面十分漆黑，而且好冷！好冷！）
《聖布蘭登之旅》（*The Voyage of St. Brendan*）

夫人的美麗軀體變成糞袋！

在寒冷的夜裡，全身被（綑綁住）淋溼，在冰上打滾。

罪人就這麼被活活凍死。

這是在阿富汗、波斯、西伯利亞盛行的拷問方法。

維爾涅夫還寫到，巴索利伯爵夫人把奴隸的兒子放在冰塊裡（一起放進一個毛皮袋）觀賞。

使用水來拷問是大量屠殺的主要手段，最爲人所知的是反抗勃艮第（Bourgogne）家的八百位佃農被泡水拷問，直到死亡的「迪南掠奪」事件的始末。

同樣使用水的拷問方法中，最爲殘忍的是一七八九年法國革命以前最爲拷問者愛用的「灌水至死」方法，小個子的人從嘴裡被灌入六升的水，大個子的話則灌入十二升的水，並且把尿道堵住不讓其排尿。這個方法爲羅馬皇帝提比略（Tiberius）所愛用，除了把尿道堵住，被拷問的人連肛門也被塞住，整個身體變成一個「袋子」。等待受拷問者體內的食物腐爛，是皇帝的樂趣：

「尤其是看到有夫之婦美麗的肉體變成糞袋，

更是無比的快樂。」（這和現代的性倒錯者們之間愛好的浣腸遊戲本質相通。可說是拷問遊戲的極限。）

使用火的拷問，則有在墨西哥和薩摩亞（Samoa）島被實行的「看得很快樂，吃得也很快樂」的拷問法，更是極端的殘忍。

在平底鍋上倒油，讓犯人的頭緊貼熱鍋。

「犯人被迫全裸地抱住直徑四公尺、長十公尺的大銅圓柱，中間又紅又熱。不久後，就會連骨頭都被烤焦。這是皇帝的妃子爲了使拷問具備觀賞的樂趣，想出來的方法。」

在閱讀這些文獻時，這些「犧牲者」只是剛好犯了某些罪行，其實對象是誰都無所謂吧。人們只是想把潛藏在自己快樂下的罪惡感抹去，並且讓自己的行爲正當化，所以才借用神的名義拿出「懲罰」的觀念吧。

維爾涅夫還介紹了很多深具「魅力」的拷問方法。

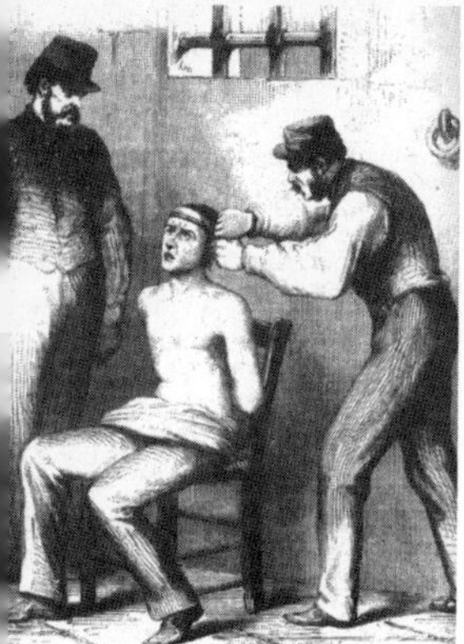

（上）十六世紀版畫，在火刑中殉道的信徒
（中）一八六〇版畫，一個正在受刑中的西西里政治囚犯；施行者正在絞緊犯人頭上的繩子，使其受疼
（下）違規士兵被迫與「槍桿的女兒接吻」——被綁在槍桿上受鞭刑

把罪人和無數的老鼠放入又深又大的金屬盆底部，從外面加熱。耐不住熱的老鼠會開始咬罪人的腹部，爬入其內臟深處以躲避高溫。

讓發狂的馬在全裸的女人身上踩踏致死爲止。把罪人放走，當成獵殺對象的射殺競技等等的拷問之刑，多不勝數。

為人肉BBQ乾杯

連一杯湯都要不到，我在走廊下的角落縮著身體發抖。

不久後，我就要被吃掉了。

這是修道院的附屬學校裡觸犯了禁忌的少女的手記。

我全身赤裸。

而且，頭被壓入裝滿水的桶子裡，冷到不行。

一位名叫安琪兒的同事，在麵包上塗上牛糞，硬是要我吃下。

如果我再多發一言，頭髮就會被剃光吧。修女們會把它賣給製造假髮的人，好賺上一筆。

拷問除了和政治、法律有關聯外，事實上也是宗教的形態之一吧。

拷問的人深深認爲自己是神的替身，犧牲者則是對於「將面對的痛苦和死」而感謝天。兩者間的媒介是看不見的神，現代則被法律所取代（或許可以說是人類自己認爲的正義）。

可怕的是，到十七世紀爲止，重婚及一夫多妻的人被認爲是犯了淫亂罪，而成爲拷問的對象。人們對於這種拷問，加入了性的幻想，因而更爲期待。

強姦犯通常會被「切掉耳朵」，因此，之後都

各種拷問與刑罰，不論最初對受刑者施加身體折磨的動機為何——例如審判戰俘、復仇、宗教迫害或犧牲儀式、魔術表演的需求、藏贓逼供、強制自白，甚至是單純的刑求心理慾望，或是科學上的研究（例如解剖、麻醉效果或身體承受極限的測試等等）——一再地改寫受刑者與觀賞者的忍受力、情緒、想像力的臨界值的同時，這些動機也反過來成為人們設計種種拷問方式、刑具與機關的創意來源。本質上極不理性的刑求拷問，竟因此成為一種講究實證理性的科學（行為效果的觀察、預測與控制）成果展現

必需包住頭才能出門（而且因爲是沒有私下和解的時代，所以只要被告發一次，即使是雙方心甘情願的姦情也會被切斷耳朵）。

以下的故事，最足以說明人們究竟如何看待拷問，並且十分期待拷問的執行，甚至當成一種表演來觀看。

一六八二年在馬德里曾舉行一場火刑。

因爲有很長的時間沒有執行火刑了，人們猶如紀念戰勝一般，等待著這一天的到來。

當天來看熱鬧的人們打扮得像是要參加一場華麗的舞會。犯人竟然被押上街頭遊行長達七個小時。（當天，宗教法庭所送出來的犯人，男女總共有二十人，此外，還有信仰穆罕默德的異教徒、被懷疑爲魔女的女性，總共多達五十多人。）

犯人們的頭上被放上煮沸的湯桶，手上拿著火把。據說西班牙所有的皇族都出席了這個盛大的儀式。

沒有篇幅再詳述火刑執行的情況。可以確定的是，支持著拷問執行者的背後眞正原因，和大眾的心理不無關聯。

要自己的小孩把褲子脫下來挨打的那隻手，也是在床上愛撫愛人的手。

仔細看看這隻相同的手。每個人都不能忘記隱藏在人性之後的拷問心理，不是嗎？

月夜下獨自閱讀的狼人入門書

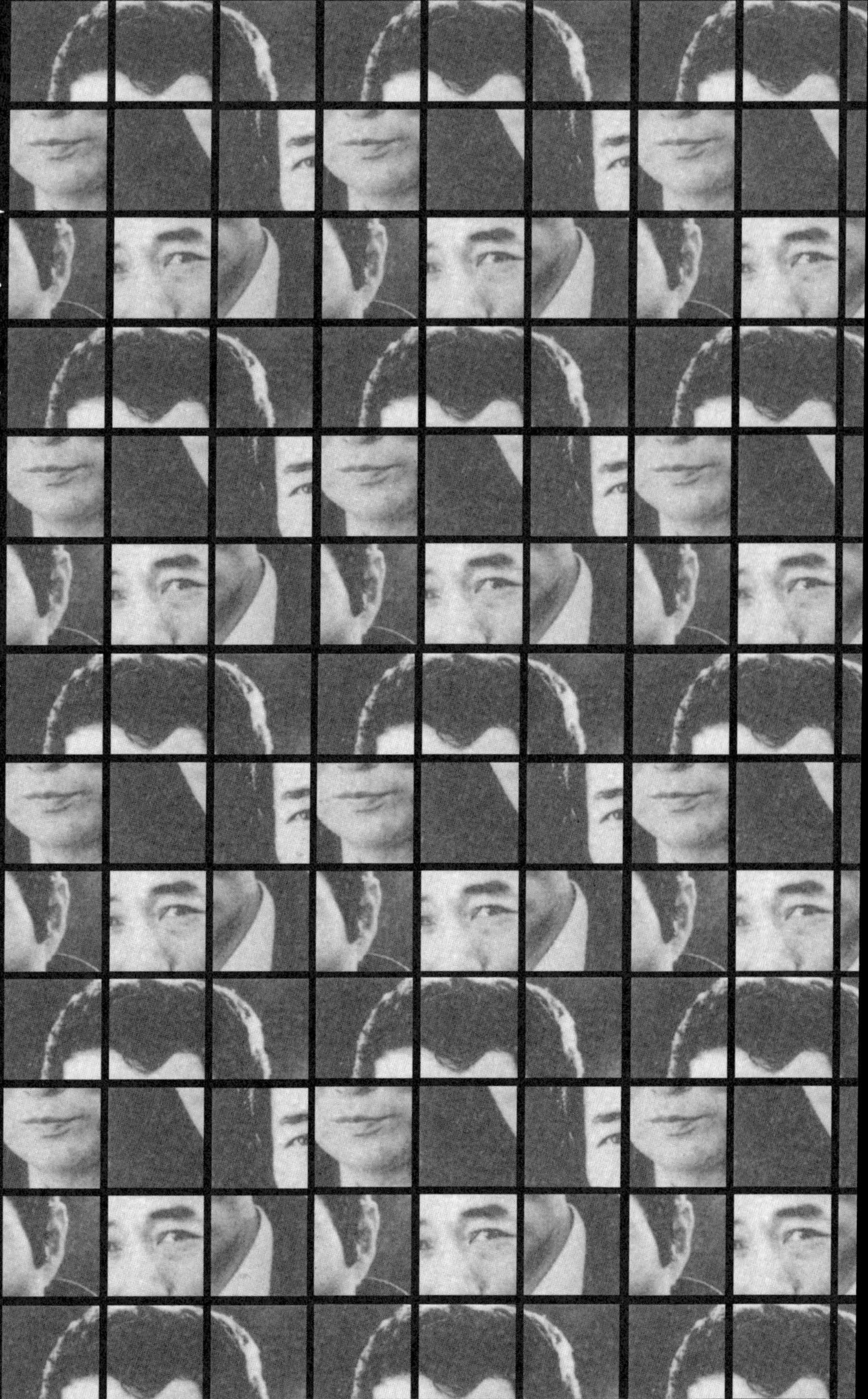

月夜下獨自閱讀的狼人入門書

有這麼一個說法，只要是吃了被狼殺死的羊的肉，不論是誰都會變成狼人。

還有，吃了狼人腦漿的人，喝了狼的足跡上的積水的人也一樣。

有著小小的耳朵、突出的牙齒、又長又彎曲的指甲、兩手的第二指和第三指的長度相同，全身都佈滿著長毛的男人。

如果公司裡有類似上述的男人出現，得要格外注意才行。他或許就是狼人。

西歐雖然沒有「父母的因果，報應在孩子身上」的例子，但文獻裡卻有肉慾很重的男子有可能轉世為狼人的說法。

少年時代，我曾聽說過「出生後就被丟棄在山裡的嬰兒，被狼扶養長大，完全不懂人的語言和習慣，並且用四隻腳步行」的「狼少年」故事。

事實上，確實有像賈斯柏・荷西（Kaspar Hauser）一樣的狼人實錄，這個真實的故事由奧地利劇作家彼德・韓德克註一將之改編搬演，旨在探討「沒有語言能力的人」，在其中提出了許多的問題。

此外，同樣的荷西故事也由電影導演溫納・荷索改編成影片，呈現「因畸形而被排擠的人」註二，引發了相當熱烈的議論。

但是，我在這裡之所以要談狼人，還有談狼人的各種相關傳說，動機和他們並不相同。

我只是偶然在倫敦的查令十字路（Charing Cross Rd.）古書店街發現了這本珍奇的狼人畫報，於是買來翻閱看看。

利卡翁（lycaon）是希臘古代的英雄，他為宙斯建造了一座神廟，卻以一小童為犧牲供品，而遭懲罰變成一匹狼，過著被流放於城邦之外的非人生活

請把我變成吃小孩的狼人

狼人（werewolves）是否眞的存在？

從古羅馬時代開始，就有了「白天是一般的市民，在月圓的夜晚卻變身成狼人」的故事。

一般人認爲狼狗、美洲豹、土狼等動物會變身爲人的模樣，混入市井小民中，《神秘的怪獸》（*Mysterious Monsters*）的作者，以怪物研究者知名的丹尼爾・法森（Daniel Farson）和安格斯・霍爾（Angus Hall）認爲這種現象應該以「下意識」的層面來看待。

通常，我們稱之爲「狼人」的人，可以分爲「實際上會變身爲狼」的男人，和「深信自己會變成狼」的精神障礙者兩種類型。前者是狼，後者是狼人妄想症患者。

（古英語中的Wer，有人類和狼兩種意思，人和狼的祖先或許有關聯也不一定。）

好萊塢電影裡出現的狼人，是狼和人合成的怪物，「狼人的外形就是狼的樣子」，這是專家們

註一：彼德・韓德克（Peter Handke），一九四二年出生於奧地利，以德語創作知名。曾編寫劇作《賈斯柏》（*Kaspar*，一九六八）。

註二：即《賈斯柏・荷西之謎》（*The Mystery of Kaspar Hauser*，一九七四），又名《人人為自己，上帝反眾人》（*Every Man for Himself and God Against All*）。

的意見。

長久以來人們相信解剖人體後，如果皮膚的內側長滿了狼的毛，代表他是狼人，這就是狼人變身的秘密，但這完全是迷信。

他們並不是生下來就是狼人，而是靠自己的想像變成狼人的。

而且，令人驚訝的事實是，有很多人想變成狼人。某個地方存在的咒術儀式裡就有以下的儀式。

首先，選一個滿月的夜晚，深夜（零點）時祈求者會跪在圓形的魔法陣中央。

將香料、藥草、剛殺死的貓的脂肪、蠟和鴉片混在一個大鍋子裡煮到濃稠，然後塗在祈求者的全身。並且要用狼皮做成的皮草把身體包住。

Hail hail hail

Great wolf spirit

Hail!

我的願望將逐漸變大，變成一個大影子，在這個魔法的圓圈中，我將重生。

請把我變成狼人。賜予我高大的背、大鹿奔跑的速度、熊的爪、蛇的毒、狐狸的機智、公牛的健壯、鮫的牙齒……。

隨著塗滿全身的汁液裡含有的鴉片作用，儀式漸漸變得像是一場麻藥的饗宴。

祈求者並且不斷地唱著咒語：

請把我變成狼人

請把我變成一個吃男人的人

請把我變成狼人

請把我變成一個吃女人的人

這種發狂的舉動，不僅存在於原始社會，今天紐約這樣的大都會也秘密舉行著這種儀式，這到底意味著什麼？

老婆婆的肉很硬很難吃

以下是一五五八年，在法國中部的奧弗涅地方曾發生過的眞實事件。

「狼人圖」，曾刊行於德國巴伐利亞地區的版畫

一位獵人像平常一樣出外狩獵，和一位住在附近城裡的紳士相遇。

紳士拜託獵人，「有什麼獵物請送一些給我。」

獵人在森林裡被狼襲擊，運氣好的是，他順利地將狼的腳給砍了下來。他將砍下來的狼腳放入小袋子當成紀念。到城裡拜訪紳士時，談起了自己的冒險經歷。

然後，爲了炫耀，獵人摸了一下小袋子，嚇了一大跳。裡面竟然不是狼的腳，而是一隻高雅的婦人的手。

紳士看到這隻婦人的手指上戴的戒指更是吃驚不已。然後，急忙跑往二樓，將妻子手上包紮著的滲出血的繃帶拆開，發現妻子的手掌不見了，整個被砍斷。

紳士追問妻子是怎麼回事，妻子只好坦白自己是「狼人」。後來，一五五九年她被處以火刑燒死。

關於狼人（狼女）的報告在十六世紀時最多，之後相同的例子也不斷發生，據說從一五二〇到一六三〇年之間，就有高達三萬件的案例被舉發。

歷史上最有名的狼男是「駝背，有著濃厚眉毛，孤僻的人」吉勒・加尼艾（Gilles Garnier）。

一五七三年九月，法國的多爾（Dole）城市當局因爲有小孩被吃掉而准許處死狼人。敕令中宣佈，只要發現狼人，立即用棍棒或槍追捕，綁起來殺死。村人們也立即組織了「獵狼人」的隊伍。但是，總是在快要追到狼人時就被牠逃跑了。

只要聽到孩子的尖叫聲和狼的咆哮聲，村人就會展開獵捕行動。

追捕行動中，手裡拿著棍棒的加尼艾一邊叫著「狼人往那邊逃走了」，自己一個人留在原地。同樣的情況不斷重覆發生，讓村人們開始產生懷疑，「總是讓被狼人逃跑的加尼艾十分可疑」。

然後，終於在一個十歲少年消失了蹤影的地方，發現了一頂沾滿血跡的帽子。這頂帽子是加尼艾的帽子。

被捕的加尼艾，坦白在果樹園裡殺死了少年。「如果村人再晚一點趕來的話，說不定我已經吃了男孩活生生的肉了。」

然後，他還坦承在多爾的葡萄園裡襲擊了十歲的少女，吃掉半截少女的身體後，並且把剩下的一半帶回去給妻子當晚餐。說完之後，他希望自己能夠被處火刑燒死。

以狼人身份被逮捕的加尼艾在法庭上說了這番話，「老婆婆的肉很難吃，跟皮革一樣硬。」引起眾人發笑。

貝洛童話，〈小紅帽〉故事插畫。大野狼吞掉小紅帽的祖母，並上床「取代她的位置」，或許也可視為從前人們對於狼人的恐懼想像的另一種變形

因爲他總是襲擊女人，所以被認爲是色情狂，沒有人相信他是「狼人」。兩位醫師相信他不只是殺人魔，還是位「狼人妄想症患者」的病人。這樣的說法卻不爲大家所接受，後來還是被處以火刑致死。

但是，狼人被視爲一種精神疾病，在此爲第一個案例。

連續殺人犯傑克也是狼人

一八六五年，《狼人論》（*The Book of Werewolves*）作者古爾德（Sabine Baring-Gould）在書裡提到：

「很難斷定狼人只是一種迷信。」

「爲什麼呢?因爲不管在哪一個時代，的確存在著讓這些迷信產生的事實，其中至少有一半將成爲永遠留存在人們心中的事件。」（〈迷信的辯解〉）

此外，進入一九〇〇年代後，伊利歐・奧多涅（Elliott Odonnell）寫道，「完全找不到狼人是作假的證據。」試圖把狼人和其他幻想的怪物們區隔開來。

他更認爲「變狼狂有告白的癖好，告白之後，他們反而認爲自己是被狼附身的痛苦受害者。」可怕的狼人（wolf gay）或許眞的是「被動物靈附身」的人。在日本，這種情形被稱爲

「筋」，附身的對象以「家」爲單位，在歐洲則以人爲單位。

而且，一般被認爲「只要受到惡劣的對待就會現身，如果被好好對待通常就不會顯現。」在我國，狗和狐狸（雖然不是狼）依附的地方也是「家」，這樣的家庭通常遭到村裡的人疏遠，也常使得婚事很難結成；狼則不會以「家」爲單位。這些差異是值得關注的。

西元前五世紀時，以「歷史之父」之名爲人所熟知的希羅多德曾寫到：

「所有的精神病患者，每一年都會變成狼一次，不久後就會恢復原來的人形。」

二世紀的羅馬醫師也說過「狼人妄想症的精神病，只要切開血管，把血吸出來就能治療。」

與此相較，日本試圖在「家」的構造裡找出精神病理，並且以此治療一家族全體成員的附身研究，應該可以說是十分先進的吧。

附身在人體內的狗，「只要每天都給予進食就不會有危害，被附身者感到怠惰的時候也一樣要吃光食物，或是在發作時用各種方法來壓制，最後就能讓牠進入人的腹腔內不再出來，終至死亡。」（《梅翁隨筆》註三）傳說這是治服的方法。

另外，也有學者（石塚尊俊）主張，不能夠只從自然科學的立場來看這樣的「狼人」問題。狼人妄想症的問題的確不能只從精神病理學、實驗心理學、動物生態學的角度來看待，也應該從民俗學的層面來討論。

一世紀的羅馬諷刺作家佩特羅尼烏斯(Petronius)曾寫過以下關於狼人的故事。

我的僕人之一尾隨在行進的士兵隊伍後。發現有一位士兵在夜晚的森林處消失了身影，並且開始脫掉軍服。一直躲在一旁觀看的他，發現士兵變身爲狼，向遠處狂吠然後飛奔而去。他立刻緊跟在後追蹤，發現狼人正在啃食家畜小屋裡的兔子，就用槍向這凶暴的狼刺去。天快要亮時，我的僕人又回到脫掉軍服的地方時，卻不見軍服的蹤跡，只留下一灘擴散的血跡。

然後，那位士兵卻在家裡整裝，接受著醫師的治療。

這是狼人出現時最爲一般性的例子。「如果狼受傷後消失，一定出現帶著相同傷口的人。」

但是，狼和人的關聯，不論以哪門學問來看，都無法清楚地解釋。比起中世紀的魔女迫害，這個根源更深遠、讓共同體發狂的孤獨怪獸「狼人」，和倫敦的「連續殺人犯傑克」註四或許是同

註三：作者不詳。推測為日本十八世紀末的著作，記載怪談、民情風俗等當時的社會現象。

註四：即世稱的「開膛手傑克」（Jack the Ripper），在十九世紀末的倫敦暗巷中，以兇殘變態手段連續殺害妓女，卻未遭逮捕，留下懸案與許多謎團。

（上）十六世紀末，德國的「狼人」彼得．史塔普遭車裂之刑處死的版畫

（下）「狼」，十八世紀版畫作品。在近世，狼這種動物常給人一種神秘、孤僻且兇殘的印象，恰似人類性情的陰暗面譬喻；又彷彿有個人藏在狼的身體裡，也引發人們對於狼有可能在某個不為人知的時空以人類的形體生活在人類社會中的種種猜測

一種人也不一定。

戴著毛皮的面具吃肉

那我們來想像一下狼人的情況。

他可能不被父親重視，沒有母親，而是由一位發狂的繼母扶養長大。

繼母連一片麵包也不分給他，肚子餓時他只能去搶去偷。

不久，他被送到修道院去，總是宣稱「自己的眞實身分是狼」。

然後，不斷想著「希望能遇到狼」，長大成人後，於是在森林裡襲擊小孩，並且吃了小孩而被判定爲狼人。

他即使長成大人，也只有七、八歲小孩的智商，幾乎可說是白痴，更因爲被當成狼人而感到十分滿意地去服刑。

一五八九年左右，在德國的科隆（Cologne）出沒的狼人彼得・史塔普（Peter Stubb）的情況更像是個悲劇。他因爲帶著狼皮皮帶到處炫耀（加上容貌十分怪異的關係）而被逮捕，被拷問後而被迫自白。

告發者後來去尋找史塔普藏匿的狼皮皮帶，卻什麼都找不到。

即使如此，他還是被處刑，身體被車輪撕裂，被灼熱的釘子刺滿全身而死。另一種說法也成爲通論，那就是狼男們「自己也在措手不及的情況下，就變成狼人」的情況很多。

一二一四年的英國記錄中，油漆匠和狼打鬥，將狼的手腳切下時，狼立刻變回人的模樣，並且感動的說：「眞是謝謝你，這麼一來我終於能夠變回人形了」。

我並不懷疑歐洲的「狼人」是一種譬喻性的存在。這和日本的亡靈是依因果報應論而被創造出來的幻影，基本上是相同的，狼人也反映了歐洲人宗教裡的原罪意識。

關於這一點，《變成狼的男人》（*Man into Wolf*）的作者羅勃・艾斯勒（Robert Eisler）在書中有著十分有魅力的解釋。

換句話說，人本來就是素食主義者，爲了順應新的環境，而不得已需要新的食物來源。（冰河時期以前）人被迫要吃肉，要以動物的毛皮來禦寒——爲了生存而必需從野獸身上獲取存活的條件。然後，漸漸有了獸性的欲望（也因爲食物的不足），而開始吃人。

但是，有人會認爲吃人是自己內心留存的獸性，而不是自己本身的想法。自己其實是不想吃肉的。年幼時被丟棄在森林裡，被狼扶養長大，成爲半人半狼的「狼少年」傳奇，可以說其實就是人類記憶裡的一部分吧。

不論是誰，在襲擊他人時（不論是在戰場上，還是在情場上調情嬉戲）只要看到自己映照在鏡子裡的臉，都會感到吃驚吧。

原來連自己都沒發現，自己也是一匹狼。

因遭指控使用巫術而受審，並陷於極度恐懼與混亂的四個罪犯中，有一人被控告咬傷婦女，據說法官檢視他的牙齒後，視之為狼人，將其定罪

聖特利妮安女學生的叛亂

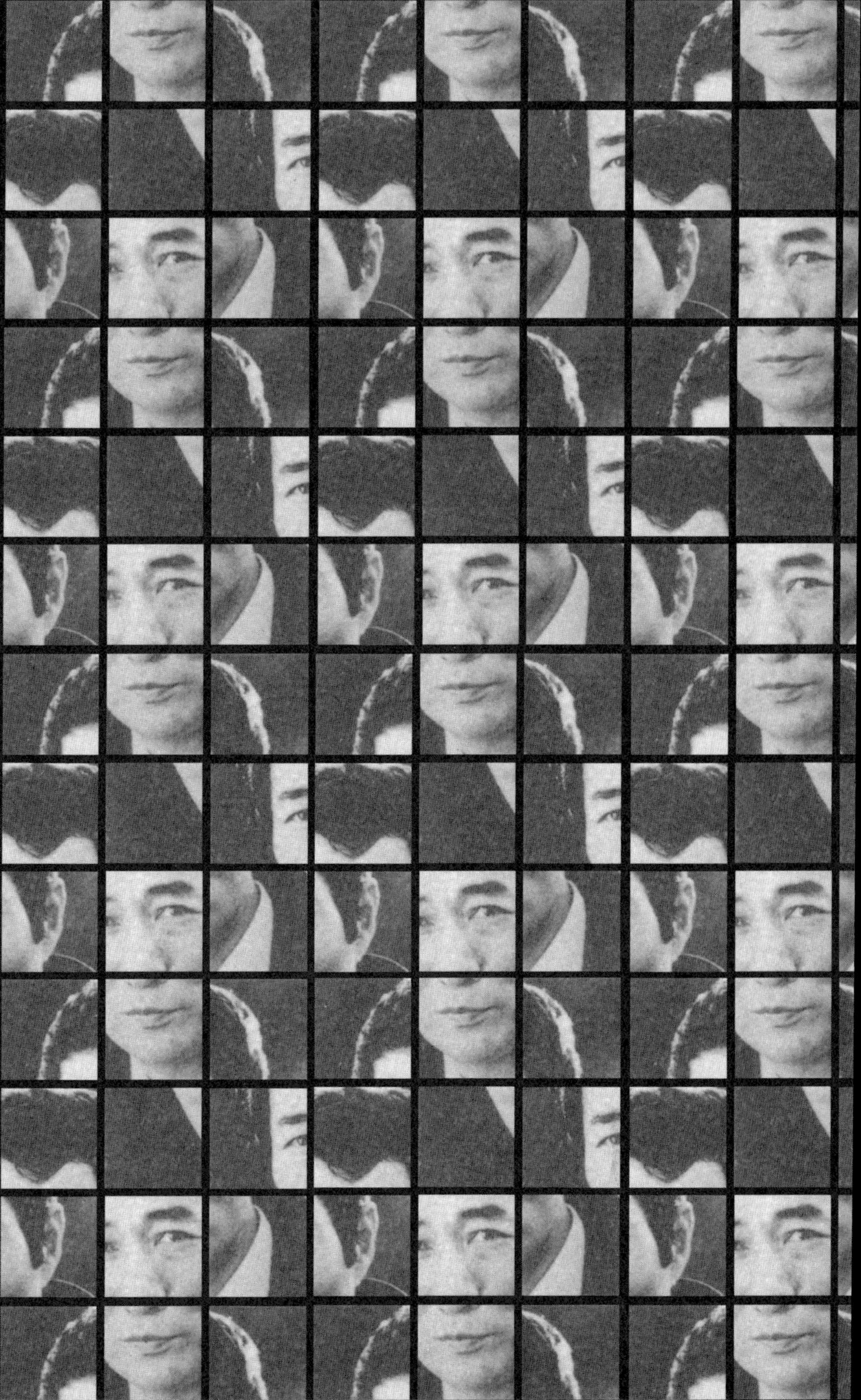

聖特利妮安女學生的叛亂

第一頁是在看起來就像莊嚴的教會學校「聖特利妮安（St. Trinian）女學院」校園裡，一個女學生仰著面死去。

腹部有著被耕種用的鋤頭所刺傷的洞，或許是暑假吧，沒有其他任何學生的蹤影。

翻到另一頁，一窩蜂似的女學生們手裡拿著棍棒和繩子飛奔而出的景象。

之後則是女學生們喝酒、抽煙、還有獵老師等完全不知惡行為何的殘忍漫畫內容。

隆納德．賽爾（Ronald Searle）於一九四一年開始創作這個系列作品，真是有先見之明。

但是，這本大英帝國的教會女學院版「暴力教室」，並不是只為了提供真實的腐敗情況。

「身為英國神話的新參與者，這些住在可可亞四處飛散的宿舍的學生，嘴裡高唱著解放的歌聲，並擴及到全國。」（編者凱伊．韋伯〔Kaye Webb〕）

「聖特利妮安的精神，就像盛宴中的兀鷹，從灰裡飛起來。」（雷維斯）

低扁鼻子佈滿雀斑的女學生們的校園暴力

聖特利妮安的女學生們生於一九四一年，在十二年後的全盛期，被「集體殺害身亡」註一。雖然只存在了短短的時間，卻有決定性的影響力。

她們的制服全都十分寬鬆邋遢，帽子看起來也像是借來的。

她們缺乏團體精神又歇斯底里。拿著曲棍球棒像斧頭一樣揮舞、追趕著老師的這些女學生，會讓世間的母親們嘆息也是理所當然的。

她們的髮型是令人不快的濃密亂髮，又扁又大的鼻子長滿了雀斑。

而且，對很多事都採取反抗的態度，不斷上演「校園暴力」的她們，讓英國的讀者們（那些保守的，家世背景良好的爸爸媽媽們）個個都皺起了眉頭，但也對她們大聲喝采。

「玩具槍、讓人煩燥的鋸子聲音、放火、飲酒派對等……」不斷出招，這部漫畫不僅只是一種玩笑。

在這部漫畫出現之前，英國女校的生活被公認是封閉且壓抑的，卻沒有任何人開口批判這個現象。

因此，這些無法忍耐的女學生們最後終於集結起來企圖反叛……賽爾的漫畫已預先看到了時代的潮流。

*The St. Trinian's Story*的封面

註一：指一九五三年，作者以聖特利妮安學院之名發出了「閉校通知」（〈閉校致辭〉）。

當然，賽爾殘酷的漫畫並不是所有的人都喜歡。對於抱持著「女人最好是監禁起來最爲安全」信念的男人們，譬如心機深又狡猾的會計師、助人爲惡的邪道法庭辯護律師、皇家專用的法醫專家們，都在私底下批判著。

但是，這些批判也在大部分讀者們的共鳴聲裡被淹沒消失。

韋伯分析：

賽爾使用的不是一種明快、靈活的手法，而是一種愚笨魯鈍又令人喘不過氣的筆鋒。

再者，他描寫的校園故事的女英雄們，個個滿頭的小捲髮，只會玩，完全不用功。這些有著粗野嘶啞的聲音，一點也不爲自己的舉動感到羞恥的無辜女學生，忠實讀者卻幾乎都是有著清澈灰色的明亮大眼的人。

賽爾之所以會想要寫這樣的故事，據說是在日軍俘虜營時萌生的想法。

在俘虜營裡的不潔生活和壓抑，加上希望被解放的願望和他自身對女學生的憧憬，結合之後誕生了「聖特利妮安」。

「我一手拿著從日本兵那裡偷來的紙，另一手巧妙地將鋼筆隱藏在手裡，蹲在俘虜營的角落裡不停地畫著。」（賽爾）這樣的舉動本來是爲了娛樂自己（確實有幾張圖被認爲是廁所裡的塗鴉），後來，則是爲了讓更多的人能夠閱讀而開始創作的。

因此，雖然題材是女學生的反抗和暴力，但事實上也可以適用在軍隊或是勞動者身上。

賽爾的黑色幽默目的在於將人類「從壓抑裡解放」，在英國雖然捲起一片笑聲，卻也演變成一股令人難以置信的風潮。

*The St. Trinian's Story*的部分漫畫內容

這個被當成待宰小豬一樣的女學院真的存在嗎？

這個殘酷的漫畫，據說還曾被愚蠢的書店店員錯當成「肉販用的技術指導手冊」，卻在一九五一、五二年時，人氣達到頂點。

賽爾描寫的，給虛構中的女學校畢業生的派對通知，被刊登在《驚奇的蘇格蘭人》（*Scotsman Astonishing*）雜誌上。

大英帝國博覽會的會場壁畫上，描繪著「聖特利妮安女學院」的生活，她們的「校園劇」則由佩尼劇團（Penny Playin）演出。

小鎮的變裝大會上，「有著超過六隻腳的巨型少女，戴著稻草帽，一邊咬著豬的腳一邊出場」，引起現場觀眾的哄堂大笑。不管到哪裡，都看得到「聖特利妮安」的女學生。一九五二年時出版的《回到屠宰場》（*Back to the Slaughterhouse*），讓里奇蒙（Richmond）公共圖書館的委員會，上演了激烈辯論的劇情。

「怎麼會購入這樣的書！」

一位審查員甚至在上面吐了口水。別的審查員則認爲：

「把這本書當成一個參考的例子吧，世上也有這種惡劣的事。」

但是，在《時代與潮流》（*Time and Tide*）雜誌的報導中，這本書名列伯明罕的暢銷書之一。一九五二年秋《恐怖的聖特利妮安》（*The*

Terror of St. Trinian's）出版時收錄提摩西（Timothy Shy）撰寫的解說。《校友》（*Schoolmates*）和*Vogue*的編輯積極地表示支持，《天主教先鋒》（*Catholic Herald*）的貝納·巴塞（Bernard Bassett）神父寫道：「我遇到好幾位這部漫畫中的危險小天使。」

當然，也有來自體制面的反對聲音。女學生的行動和教育批判全部被限制，當局並發布了警告令，希望特利妮安的精神「能止於漫畫中」。

保守的週刊雜誌《週日快遞》（*Sunday Express*）刊登了女校長的（僞）談話：「聖特利妮安女校的確存在，但都是按照規定的課程，塞爾漫畫裡描寫的被抑壓的少女一個也不存在。」

還有忠實的讀者用雕有立體花束圖案的上等紙張寫信給賽爾，此外，寫信給這個被編造出來的寄宿學校的信件，有許多被（郵差）燒掉，只留下內容爲鼓勵賽爾的信件。曾幾何時，讀者甚至忘了這是賽爾虛構出來的故事，認定這是間實際存在的學校。然後，英國的女校教育方針也以這個漫畫爲舞台，引起反覆的議論。

唱著殺人學院歌謠的女學生們！

這所學校還有校歌。

歌詞眞是令人毛骨悚然（作詞者爲雪梨·吉莉亞〔Sidney Gilliat〕，作曲者馬爾孔·阿諾德〔Malcolm Arnold〕）。

聖特利妮安的少女們
穿戴起鎧甲站起來吧
如果說正義就是力量
把懦弱的傢伙踩在腳下

看吧，這就是大家的結局！

聖特利妮安！

聖特利妮安！

自稱是「聖特利妮安同學會」的變裝大學生們，在酒吧裡高唱著校歌。勞動階級的貧困女人，在公寓裡默默地哼著這首歌。

然後，不存在的聖特利妮安女校，就這樣在英國各地不斷地增加著學生。

少女們，衝啊！

用力地丟球！

（人生的目標很遠的！）

打破陳腐的英國精神！

打破陳腐的島國性格！

就像泥淖中的牛頭犬

暴亂的聖特利妮安們

衝啊！衝啊！衝啊！

這首歌被稱作〈聖特利妮安足球歌〉。學生們只要一看到自己的隊伍快要輸時，就會唱起這首歌，狠狠地展開反擊。

當然，也有（爲了老女人教師們所作的）可憐的主題曲。

玫瑰的浪漫和處女的結婚信念

至今依然火紅綻放

（啊，學生們是否在半夜偷看我的日記）

孩提時，我也會去糖果店

但每次我去的時候，糖果總是賣完了，我只好

失望地走在回家的路上

（吉姆和詹姆士一起揮著長滿鏽的曲棍球棒，開始獵殺老女人）

學生們用砒霜替紅茶加味，用火球丟金絲雀。

下一個換妳！

下一個換妳！

一邊跳著舞……

（啊，誰可以帶我去阿拉伯的錫克！到這個世界上最安全的地方去）

然後，

我會爲你帶回很多的波斯的小羊喔

人們習慣用高亢的音調和方言來唱這首歌。

所有的一切都在「聖特利妮安」裡萌芽

一九七〇年我曾和幾位朋友爲《小拳王》（千葉徹彌繪，高森朝雄原著）中的主角力石徹舉行葬禮，社會大眾可能對此不敢置信。爲了漫畫主角的死，請眞正的和尚來唸經下葬，會認爲這樣的玩笑眞的太過頭了。但是，對於數千位參加者來說，力石徹的死是「眞實」的吧。場內也出現了啜泣不已的聲音。

在現代，虛構和眞實不再是絕對的二元對立。

兩者可謂緊密結合在一起。

我在悼辭中如此寫到。

事實上，漫畫裡的內容，往往事先預告了現實，現實不久後才尾隨而至。賽爾的《聖特利妮安故事》即是最好的例子。

一九四一年的漫畫，已經預知了四十年後的今天的校園暴力，沒有人會想像得到吧。

但是，之後披頭四的出現、大學鬥爭、巴黎的五月革命等，所有的事件都在《聖特利妮安》的暴動中萌了芽。英國作家與評論家史東尼爾（G. W. Stonier）曾說：

> 令人拍案叫絕、捧腹大笑又充滿諷刺的玩笑結束了。
>
> 少女們佔領了我們之後颯然地離去。但是，她們在人們心中留下的衝擊，宛如放射性物質般緊貼在人們的心中，永遠不會離去。
>
> 每當世界更趨向保守時，我都會想起這種刺痛的感覺。讓我想起蘇菲和貝絲的快樂，想起亞瑟．馬歇爾的可可色的暗殺者。
>
> 穿著體操服，手腕和腳都像電線般纖細的少女一邊叫著「叫我香腸！」一邊現身的日子，似乎已經不遠了。（"Girls! Girls!"）

她們也以高時尚的姿態出現，在高級女裝、針織衫、陶器、喝茶用的小毛巾上，留下輝煌的痕跡；甚至一改清一色全黑的女學生制服模樣，出現在加油站或是香煙市場裡銷售員的襯衫上。聖特利妮安式的風格不但存在於英國的漫畫裡，也是女學生史（甚至是教育史）裡的新紀元。

然後，在一九五三年，聖特利妮安發出了「閉校通知」，將自己逼入了絕境：「發生了不可收拾的事情，學校已無法再繼續運作下去。創始者賽爾博士將和傳統的學習對決，我永遠也不會忘記你們這些行動派的學生們。」（〈閉校致辭〉）

但是，在漫畫如此盛行的日本，卻沒有出現威脅現實的漫畫，是什麼原因呢？

格蘭維爾的發狂漫畫集

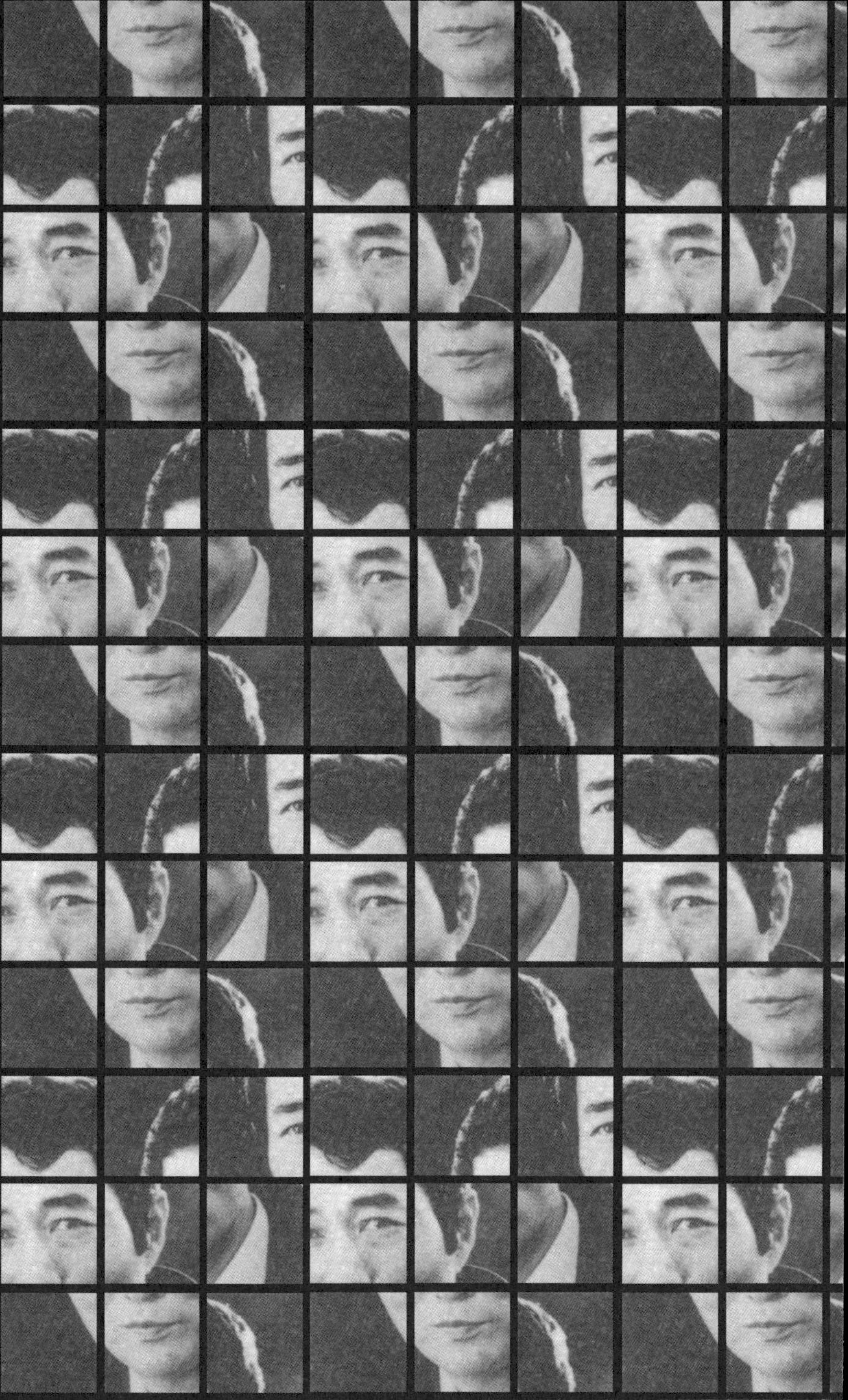

格蘭維爾的發狂漫畫集

有一本不可思議的雜誌，名為《怪誕》（*Bizarre*）。

曾報導過不為人知的奇想作家雷蒙・魯塞爾（Raymond Roussel）的專題，或想出蒙娜麗莎的百種面相（長鬍子的蒙娜麗莎、女裝的蒙娜麗莎）專題、泰山的特集、一九〇〇年代巴黎住家的分析等等的主題，

但沒有多久，這本雜誌就消失了蹤跡。

這本雜誌的舊刊，在一九五〇年代曾在巴黎的愛讀者之間悄悄地捲起一陣風潮，為了買到過期的雜誌，到古書店搜尋的愛好者絡繹不絕。

其實，我也是其中的一人，

最近找到的這本舊刊號的專題是格蘭維爾（Grandville），格蘭維爾是什麼？

這個專畫怪異漫畫的格蘭維爾是個什麼樣的男人，

又留下了那些作品？

讓我迫不急待想要讀下去。

動物頭的魔術師是來懲罰我的

說到格蘭維爾，巴黎的老人們第一個想到的是，「啊，就是那個總是畫畸形人物的畫家。」

但是，這個名字對孩子們來說卻十分陌生。

《怪誕》雜誌爲什麼要去挖掘這麼一個過去的藝術家，究竟有著什麼樣的意圖？

書裡收錄了格蘭維爾的漫畫：掛在畫廊裡的一張畫被弄破，畫裡的蛇和犀牛往外竄了出來。

從這裡可以感受到格蘭維爾不僅只是想描繪奇特的主題，其背後更有著「試圖打破油畫成品所擁有的秩序」的熱情。他從來不曾滿足於這些普通常見的繪畫。

法院的一角，看起來很親密地交談的法官和律師的臉，原來是隻奇怪動物的臉；游泳池裡游著泳的中年男人的臉，仔細一看卻是長著尖嘴的鳥的變形。

這些畫的主題都是變形。

亞里斯多德曾說過：「人類脫離猿猴至今約二千年」，但在格蘭維爾畫中，「二千年後的文明人身上，似乎依然看得出猿猴的原型。」

神話中，半人半馬的怪物時常出現，對格蘭維爾來說，這意味著「外表」和「內心」的悖離被戲劇化、諷刺化（caricature）。然後，所有的文明人「在突破身爲人的種種約束後，就會顯現出動物的本性」。身體雖然是人，但頭部卻被魔術師懲罰，變成動物的頭；或者是動物穿著西

1

4

2

5

3

6

1～3 格蘭維爾插畫作品《動物們的公共與私人生活場景》（*Scénes de la Vie privée et publique des Animaux*，一八四二）
4～6 格蘭維爾曾經為當時許多著名的或經典作品繪製插畫。例如十九世紀初的法國民謠詩人貝朗熱（P. de Beranger）《全集》（圖4）、十七世紀詩人拉封登（La Fontaine）《寓言》（圖5）、十七世紀英國小說家狄福（D. De Foe）的《魯賓遜漂流記》（圖6）等等

裝，爲了自尊心而爭論。這些都是格蘭維爾畫作的特色。

事實上，格蘭維爾自己是個很內向、怕生（甚至可說是不喜歡人）的人，每次和陌生人見面，總是懷著戒慎恐懼的心情。但人們卻不只把他當成一位漫畫家來看待，也對他這種變形的手法表示關注。

波特萊爾曾讚賞格蘭維爾：「格蘭維爾總是以收放自如的手法寫著『自然的默示錄』。他的鉛筆是『思想王國的主人』，他的文體則充滿了文學的精神。」

雖然曾受到許多人的讚賞，但是，格蘭維爾的一生不得不讓人認爲是充滿誤解且極端悲慘的一生。

例如，從他的畫裡看出諷刺寓意的畫商，要求他描繪「政治諷刺畫」；出版社則試圖從他的畫集裡想出令人聳動的標題，讓它成爲暢銷書。劇場上，保羅．朗克羅瓦和歐薩農則委託格蘭維爾設計演員的衣服，讓演員在舞台上以動物的外表說著人類的台詞而博得喝采。

但是，對格蘭維爾來說，商業的成功完全沒有任何的意義。

對他來說，最快樂的是創造「讓海鷗化身成八分音符的樂譜」、「把海浪中的小船和彩虹畫成樂譜」、「把跳進海裡的水手的動作幻化成樂譜」這種遊戲的世界。

甚至他還把水手躍入水裡瞬間的樂譜圖案畫作取了「船歌」（Barcarolle，貢多拉之歌）的標題，但聽說從沒被演奏過。

鉛筆魔術師畫漫畫

格蘭維爾的名字正確來說應該是尙．伊格納斯．伊西鐸．傑哈．格蘭維爾（Jean Ignace Isidore Gerard Grandville），於一八〇三年九月十五日出生於南西（Nancy）市的莫內（Monet）街四號。

祖父是「羅亞．史坦尼斯拉」劇場的演員，父親是一位用放大鏡作畫的微型繪畫畫家。因爲生長在這樣的環境，格蘭維爾從年少時代就開始畫畫，自閉的個性似乎沒讓他結交過什麼朋友。

從前南西市是獵殺女巫的發源地，這種充滿血腥的歷史對格蘭維爾的自我意識和認知有著不小的影響。格蘭維爾曾說過：「只有某種人種會被

1

3

2

4

1～2 格蘭維爾的插畫作品，時常透過動物（即變形的人）來重現人們的生活場景，或是象徵地刻畫人類心理深層較具戲劇性的部分。上圖中一隻淑女貓似乎正（在一翻倒的珠寶箱邊）面臨天人交戰的情況：天使（貓）與惡魔（貓）在身旁不停地勸説拉扯；下圖則是一對（鳥）新婚夫婦正在接受主教證婚祝福。取自《動物們的公共與私人生活場景》
3 格蘭維爾為法文版《格列佛遊記》所繪封面
4 格蘭維爾為《魯賓遜漂流記》所繪封面

死所詛咒」，格蘭維爾自己就是這「少數人種」的其中之一吧。父親曾建議格蘭維爾畫肖像畫，但格蘭維爾卻一直創作以變形人類爲主題的「另類漫畫」。

父親曾因此認爲，「這個小孩或許是個白痴」。

但是，偶爾經過南西市的寫實畫家曼蓀（Mansion），看了格蘭維爾的畫十分感動，並且對他說，「要不要到巴黎來？」

已經二十一歲的格蘭維爾因此來到巴黎。他獨特的戲謔畫作也在巴黎引起了許多人的注目。

然後，喜歌劇（opera comic）的總監雷曼第艾爾開始委託格蘭維爾設計劇場用的衣服。雖然這讓格蘭維爾的生活變得寬裕，但是畫「衣服」卻不是格蘭維爾想做的工作。

此時，畫家希波利提．盧肯特（Hippolyte Lecomte）發現他的才能，將他收爲自己未公開的弟子，建議格蘭維爾創作「可以讓沙龍裡的文人雅士眼光無法離開的大幅油彩畫」。但是，對於只用鉛筆繪畫的格蘭維爾來說，油彩畫實在是件太過複雜的工程，對他來說作畫變得十分不快樂。

即使如此，他還是很努力去嘗試。

然後，他開始時常到畫室一旁的聖日爾曼．德．佩（Saint Germain des Prés）區的茶館裡和年輕的畫家們交談。像是日後《藝術家》（*L'Artiste*）雜誌的創刊者阿西爾．利可、《諷刺》（*La Caricature*）雜誌的發行者菲利彭、風景畫家保羅．尤艾等等。

他住的波拿巴特（Bonaparte）街的樓層，後來變成波西米亞人們的聚集場所。但是，不擅於社交的格蘭維爾，卻始終聽著他們的藝術討論，一邊不斷地作畫，從來沒有參與過任何的發言。

不久後，被盧肯特認爲沒有油彩畫的才能，失去了支持的格蘭維爾於是開始尋找其他的工作。

據大仲馬（Alexandre Dumas）註一所言：「當時的他總是賴在床上，一邊看著自己抓來的一隻青蛙跳到陽光照射到的牆邊的樣子，一邊聽著朋友們對他說的話。」

他變得無法作畫，只是不斷地畫漫畫。漫畫裡的角色都是取材自身邊的朋友，但不知道爲什麼，大家都有著一張「青蛙的臉」，大仲馬寫道。

註一：大仲馬（一八〇二～七〇），十九世紀法國浪漫主義作家，作品有《三劍客》、《基度山恩仇記》等。

1

4

2

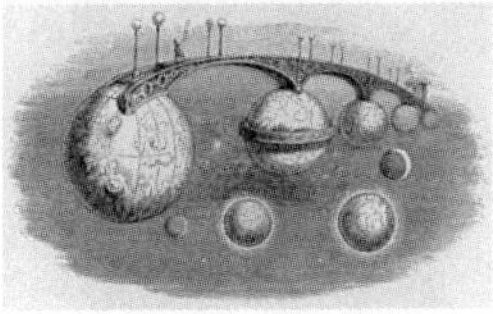
5

3

1～4 額頭長出（惡魔的）羊角的懺悔者、向狼神父告解的綿羊女孩、裙底露出鼠尾的婦女……格蘭維爾漫畫作品中的幽默感與驚奇效果，常來自於他筆下充滿變形人物的世界觀，但其本質卻是寫實與嚴肅的。取自《動物們的公共與私人生活場景》
5 取自格蘭維爾另一本作品集《另一個世界》（*Un autre monde*，一八四四）

格蘭維爾的孤獨生涯

結果，無法成爲一位成功畫家的格蘭維爾，（一時的熱潮退去後）終於離開了巴黎的賃居處，回到故鄉南西市。

那時平版（石版印刷）畫剛被發明，引發贊成和反對的爭論，格蘭維爾卻極早投入平版畫。

平版畫萬歲！
眞個極優的藝術
像狂犬病一樣流行
可比喻爲戰爭
大盤和小盤都在戰爭
不長眼的砲彈四處飛
連美麗女士的頸巾也不放過
戰火止於圍巾
被整理成相同的模樣
成爲太太們的披肩
（當時流行的歌）

複製量產的平版畫刺激了格蘭維爾的好奇心。後來因爲創作出「善良的布爾喬亞的星期日」、「小地主的煩惱」等作品，格蘭維爾重新受到關注，回到了巴黎。

雖然生活再度變得忙碌，格蘭維爾卻對缺乏個性的平版畫開始感到厭煩。

他發表了「永遠的旅行」，以地獄爲主題的一連串素描作品，充滿黑色幽默，甚至給人「輕微發狂」的深刻印象。「害羞又怕生」的格蘭維爾，爲了遠離自己內心黑暗的一面，開始畫政治漫畫。發表在《諷刺》雜誌上的政治漫畫，與其說是諷刺，更充滿了冒瀆和詛咒，人們看了不但不會「發笑」，反而感到「毛骨悚然」。

一八三三年，對於自己成為賣作品維生的畫家一事感到無比空虛的格蘭維爾，選擇回到了故鄉南西。然後，和表妹瑪格莉特・荷莉特・費雪結婚。

瑪格莉特是位內向且賢淑的妻子。不久後，兩人之間有了小孩，雖然維持了「表面上的幸福」，但是格蘭維爾卻時常無來由地對妻子生氣。

「夠了！妳的腦袋裡住著無法知恩圖報的無能女王。」

又開始將其他人的臉幻想成是動物的臉的格蘭維爾，在外在的聲名和誤解中孤獨地活著。同時，家庭在他的無理取鬧下，可說沒有安寧的片刻。

後來，卻發生了意料不到的事。

二個小孩在桌子上用餐時，被麵包卡住氣管同時窒息而死。

笑其實是殘酷的

不久，妻子也追隨兩個小孩而病死。

她留下了遺書「感謝你不變的溫柔。我想你一個人無法生存下去，請和尤琳結婚吧。」格蘭維爾遵照了妻子的遺言。

尤琳和格蘭維爾結婚，接收了前妻留下的家庭，但從這時開始，格蘭維爾已經幾乎不開口和任何人說話了。

他只相信自己的夢。

（上）格蘭維爾「魚釣人」，一八四四（中）格蘭維爾「芭蕾的末日啟示」（*Apocalypse du ballet*），一八四四（下）取自格蘭維爾的插畫作品集《可愛的花》（*Les fleurs animees*, Unique Miniature Edition）

一開始作畫連飯都不吃，終於發瘋住進梵瓦（Vanves）的精神病院，在此嚥下最後一口氣。

報紙寫道：「諷刺畫之王，搞笑天才格蘭維爾逝世。」

但對格蘭維爾來說，「搞笑」究竟是什麼？

格蘭維爾在《人間四季》的畫集中，不經意地回顧了自己的一生。

在畫集裡可以看到：

五歲時，他把貓放在有斑馬條紋的紙上玩弄，紙也被抓爛了。

十二歲時，他用紙做了很多軍隊，讓自己成爲軍隊的國王。

十六歲時，青春開始萌芽，他有興趣的不是肌膚，而是衣服。

三十歲時，他戴假髮變裝。不久後，開始對葡萄酒的製造感興趣，把假髮收到抽屜裡。

晚年開始在暖爐邊讀起憲法書。人們一邊看著這本畫集，笑得在地上打滾的同時，卻也預感到深處隱含的死亡。

因爲格蘭維爾的畫裡，除了死是唯一的現實外，其他的一切不過都是幻覺。

這也是爲什麼本世紀的雜誌《怪誕》之所以會對格蘭維爾再度給予評價的原因吧。現在，日本也被「笑」的文化所支配。從相聲、滑稽故事、歌舞雜耍（vaudeville）到劇場，還有文學的各個領域，搞笑成爲一個重要的手段，也成爲一個目的。

但是，人們對於格蘭維爾的話「笑是殘酷的，甚至可以說是太過殘酷」到底理解到哪個程度？一想到這一點，不由得讓人感到其中隱藏著的危險。

笑是客觀的，殘酷的，而且和死亡可說是一體兩面。格蘭維爾十分明白這件事。然後，以一種「從出生以來就已經死去」的自覺，把自己寄身於諷刺的世界。

現今支配著流行的搞笑文化的魔法師們，卻完全沒有意識到自己已經死去一事。只會不斷地說著：「這是笑點的所在，這是笑點的所在。」格蘭維爾會把這樣的日本人描繪成何種動物？想到這一點，我不禁感到整個背脊發涼了起來。

取自格蘭維爾插畫作品集《可愛的花》。格蘭維爾所詮釋的變形人生，不一定都是充滿諷刺意味或醜怪的面貌。

幻想圖書館

作者　寺山修司
譯者　黃碧君
美術設計　黃子欽
封面攝影　李復盛
版型設計　葉佳潾
顧問　蘇拾平
總編輯　李亞南
責任編輯　丁名慶、張貝雯

發行人　涂玉雲
出　版　邊城出版　城邦文化事業股份有限公司
台北市信義路二段 213 號 11 樓
電話：(02) 2356-0933　傳真：(02) 2356-0914
發　行　英屬蓋曼群島商家庭傳媒股份有限公司城邦分公司
台北市中山區民生東路二段 141 號 2 樓
讀者服務專線：0800-020-299
24 小時傳真服務：02-2517-0999
讀者服務信箱 E-mail：cs@cite.com.tw
劃撥帳號：19833503
戶名：英屬蓋曼群島商家庭傳媒股份有限公司城邦分公司
香港發行所　城邦（香港）出版集團
香港灣仔軒尼詩道 235 號 3 樓
電話：852-2508-6231　傳真：852-2578-9337
馬新發行所　城邦（馬新）出版集團
Cite (M) Sdn.Bhd. (458372U)
11, Jalan 30D/146, Desa Tasik, Sungai Besi,
57000 Kuala Lumpur, Malaysia
電話：(603) 90563833　傳真：(603) 90562833
初版一刷　2005 年 8 月 25 日

ISBN　9572991590
定價：300 元

國家圖書館出版品預行編目資料

幻想圖書館／寺山修司著；黃碧君譯　——初版
——臺北市：邊城出版：家庭傳媒城邦分公司發行，
2005〔民94〕
面：公分

ISBN 957-29915-9-0（平裝）

1. 小說—評論
861.57　94010316